텔레비전이
시작한다

텔레비전이 시작한다

변우민 변지원 남매가 들려주는 한국 텔레비전 이야기

초판 1쇄 펴낸날 | 2024년 12월 2일

지은이 | 변우민·변지원
펴낸이 | 고성환
펴낸곳 | (사)한국방송통신대학교출판문화원
　　　　 서울특별시 종로구 이화장길 54 (03088)
　　　　 전화 1644-1232
　　　　 팩스 (02) 741-4570
　　　　 홈페이지 https://press.knou.ac.kr
　　　　 출판등록 1982년 6월 7일 제1-491호

출판위원장 | 박지호
책 임 편 집 | 신경진
편집·디자인 | 오하라

ISBN 978-89-20-05214-9　03810

값 16,000원

변우민·변지원 지음

텔레비전이
시작한다

변우민 변지원

남매가 들려주는

한국 텔레비전 이야기

지식의날개

한국의 텔레비전을 기록하려는 이유

나이가 들면 전에 없던 사명감이 생겨나는 것 같다. 한국인이라면 스스로 자문해 봐야 한다. 지금 무엇이 우리를 가장 한국인답게 하느냐고. 그토록 많은 나라의 사람들이 한국에 열광하며 한류가 어디에서 어떻게 생겨났느냐고 질문하지만, 여기에 대해 속시원하게 답해 주는 사람이 없다.

현재 한국의 문화적 위상은 대단하다. 노벨 문학상도 받았고, 국제 영화제에서 주는 상도 두루두루 받았고, 외국인에게 그렇게 박하다는 미국의 아카데미상과 에미상도 받았다. 빌보드에서 K-pop을 만나는 것은 놀라운 일도 아니다. 문학과 영화, 드라마와 음악뿐 아니라 미술, 웹툰, 음식 등 다양한 분야에서 한국의 위상을 드높이고 있다. 이 밖에도 접두사 'K-'가 붙기를 기다리는 더 많은 분야들이 줄을 서 있다. 물론 외국에서 인정받은 것만이 가치 있는 것인가라는 질문이 선행되어야 한다. 진부한 민족주의는 마땅히 경계해야 하지만 우리 스스로도 궁금하기는 하다. 이 모든 것이 갑자기 어디에서 시작되었는지 말이다. 사실 이것은 한국의 텔레비전에서 비롯되었다고 해도 과언이 아니다.

많은 이들은 인터넷 세상이 한국에 새로운 길을 열어 줬다고 한다. 맞는 말이다. 하지만 이 모든 것이 열리기 전에 우리 곁에는 텔레비전이 있었다는 사실을 기억할 필요가 있다. 아니, 이 사실을 꼭 기록해 둬야 한다는 사명감을 나는 지금 강하게 느낀다.

> 텔레비전은 지금 사라져 가고 있는 중인 듯하다.
> 리모컨을 쥐고 채널 선택권을 독점했던 아버지의 권위처럼
> 텔레비전은 이제 그 위상을 잃고 있다.
> 그와 함께 세대를 뛰어넘어 온 가족이 오순도순 앉아서
> 똑같은 프로그램을 보며 도란도란 이야기 나누던 모습도
> 과거의 유물이 되었다.

텔레비전은 다른 문화를 너무나 쉽고 빠르고 저렴하게 우리에게 전달해 줬다. 한국 근대화의 엄청난 속도와 역동성, 통일성을 떠올려 보자면 정말이지 기적 같은 일이다. 하지만 텔레비전의 시대로 다시 돌아가야 한다면 모두 고개를 절레절레 저을 것이 틀림없다. 새마을운동 당시로 돌아가 우리도 다시 한번 세상을 바꿔 보자고 누군가가 강

력히 주장해 봐야 먹히지 않을 것과 마찬가지이다.

모든 시대에는 그 시대의 필요가 있다. 지난 시절의 향수에 너무 도취할 필요는 없다. 하지만 지난날의 메커니즘만큼은 충분히 이해할 필요가 있다. 그래야만 비로소 과거가 남긴 것을 제대로 이어받아 그 속에서 전승해 가야 할 유산을 골라낼 수 있기 때문이다. 아무리 존경하고 사랑한다고 하더라도 앞사람과 언젠가는 이별할 수밖에 없는 것이 유한한 인간의 숙명이다. 그렇기에 제대로 된 유산을 전승한다는 것은 숙명의 굴레를 뛰어넘는 숭고한 작업이다.

텔레비전에 대한 최근의 박대는 그야말로 가슴이 아플 정도이다. 낡은 것으로 치부해 버리기에는 너무 아쉽다. 그것을 위해 자신의 청춘과 모든 것을 바쳐 일한 무수한 사람들이 있었고, 무엇보다 텔레비전을 보며 함께 울고 웃었던 너무나 멋진 시청자들이 있었기 때문이다. 우리는 이 텔레비전이라는, 이제 분명 사라져 가고 있으며 아이들은 더 이상 거들떠볼 생각조차 하지 않는 그 무언가를 위해 누군가는 눈에 보이지 않지만 지독한 노력을 기울여 왔음을 잊지 말아야 한다. 그 이면을 기억하는 이는 쓸쓸한 그 무언가가 왜 흔적도 없이 사라져 버렸는지를 기록해 둬야 할 책무가 있다. 지금 기록해 두지 않으면 이것은 영원히 지워져 버릴 것이다.

기록을 남기는 것은 분명 연구자의 몫이다. 연구자들은 전문가이다. 이들이 얼마나 대단한 사람인지를 여기에서 말하는 것은 군더더기에 지나지 않을 것이다. 이들은 지난날을 제대로 기록하기 위해, 보이지 않는 인과 관계를 입증하기 위해, 자신이 늙어 가는 것도 잊은 채 한 가지에 매진하는 이들이다. 자신을 희생시켜 누군가에게 고귀한 글귀를 남겨 주는 사람들이다. 솔직히 나는 이들만큼 할 자신은 없다. 누군가는 텔레비전의 전문적인 역사와 보이지 않는 내면을 틀림없이 남겨 줄 것이다. 내 역할은 조금 다르다. 나는 어디까지나 가족을 위해, 그리고 새벽부터 일어나 텔레비전이 시작되기만을 손꼽아 기다리며 가슴이 두근대던 어린 시절의 나를 위해 기록을 시작하기로 마음먹었다.

나는 연구자가 아니라 시청자로서 이 글을 쓰기 시작했다. 시청자라면 누구든 텔레비전에 대해 무언가 할 말이 있을 것이다. 나 역시 그런 자격으로 이 글을 쓰고 있으며, 누가 이 글을 읽더라도 그런 편안한 마음으로 받아 줄 수 있기를 바란다.

35년 전의 동생과 나.
동생이 발언할 수 있도록
내가 청중들에게
정숙을 요청 중이다.

이 책은 나와 내 동생이 함께 썼다. 내 동생은 아폴로 우주선이 달에 착륙하던 그 순간에 태어났다. 내 친구 중에 몇몇은 여동생이 태어나면 몹시 실망하곤 했다. 함께 딱지치기를 할 수도 없고, 구슬치기나 오징어 게임도 할 수 없기 때문이었다. 하지만 내 동생은 등장부터 남달랐다. 그렇게 쉽게 실망하고 거부할 수 있는 존재가 아니었다.

인류가 달에 첫발을 내디뎠을 때, 우리 집에서는 텔레비전이라는 물건을 통해 그 장면을 볼 수 있었다. 한국에서 부자들은 외제 텔레비전을 1950년대에 진작 수입해서 사용하고 있었다. 그러다 1966년 한국의 금성사(지금 LG전자의 전신)에서 드디어 한국 최초의 텔레비전을 50대(!)나 생산했다. 내가 어렸을 시절, 우리 집은 평범했지만 아버지는 소위 얼리 어댑터이셨다. 그 덕분에 그 50대 중 한 대가 우리 집에 있었다. 지금 생각해 보면 정말 기적 같은 일이다.

기적은 영험함을 보여 줌으로써 진가를 발휘한다. 텔레비전이라는 기적이 진짜일 수 있었던 것은, 우주에서 떨어진 실체가 내 눈앞에서 울며 보채고 있다는 데 있었다. 적어도 내 입장에서는 그랬다. 어느 아이에게나 그렇겠지만 동생이 생긴다는 것은, 이 세상에 없었던 무언가가 지구 밖 우주에서 뚝 떨어지는 것이나 마찬가지이다. 내게 텔레비전이 보여 주는 세상은 바로 그만큼이나 신비로운 것이었다. 인류가 달을 탐험하다니! 이제 겨우 다섯 살밖에 되지 않았던 나는 텔레비전과 현실에서 두 개의 우주를 동시에 맞이했다. 만약 우주로 가는 문 같은 것이 있다면 내게 그것은 텔레비전이어야만 했다. 생각해 보라.

어디에서 왔는지 모를 아이가 생겨나는 것만큼이나 신비로운 광경, 그 놀라움이 스위치 하나로 바로 눈앞에서 펼쳐지는 것을! 이제 다섯 살 아이의 눈앞에 펼쳐지는 그 어떤 현실도 이만큼 충격적일 수는 없을 것이다. 이것이 바로 텔레비전이 할 수 있는 일이었다. 우리는 텔레비전을 보고, 텔레비전으로 꿈꾸며 자라난 텔레비전 키드라고 할 수 있다.

텔레비전이 갖는 의미는 정말 남달랐다. 특별한 프로그램이 있으면 그것을 보려고 동네 사람들이 우르르 우리 집으로 들이닥쳤고, 사절단이나 시찰단마냥 '할머니 텔레비전 유람단'이 시도 때도 없이 우리 집을 방문하기도 했다. 유럽에는 아직도 사람이 손으로 작동시키는 엘리베이터가 간혹 남아 있다. 원래 엘리베이터란 물건은 지금과 같은 디지털이 아니었다. 텔레비전도 요즘이야 리모컨, 심지어 음성이나 박수로도 켤 수 있지만, 그 당시에 텔레비전을 켜려면 먼저 '도란스'를 켜고 채널을 돌려 가며 주파수를 맞추는 상당히 전문적인(!) 기술이 필요했다. 믿기 어렵겠지만 그때는 아무나 텔레비전을 켤 수도 없었다. 그 무엇보다도 일단 텔레비전 속에 누가 나와서 무슨 말을 해도 놀라지 않는 담력이 있어야 했다. 그런 점에서 나는 어린 시절부터 텔레비전을 마음대로 켜고 끌 수 있는 덕목과 스킬을 차곡차곡 쌓아 간 셈이다.

나는 어려서 부산에 살았는데, 부산에서만 살았던 사람도 우리 집에 오면 서울은 물론 도쿄, 뉴욕, 런던을 자신의 눈앞에서 생생하게 볼

수 있었다(다만 흑백이라는 맹점이 있었지만). 어디 그뿐인가. 생전 대도시라
는 곳을 가 본 적이 없고 한국전쟁 때 빼고는 외국인을 만나 본 적 없
는 시골 할머니들이, 〈스타트렉(Star Trek)〉도 보고 미국 대통령도 만나
고 '비틀즈'의 노래까지 감상할 수 있었다.

　할머니들은 영어는 못 알아들으셨지만 음악으로 감을 잡으셨다. 키
스 신이 등장하기 직전, 로맨틱한 분위기의 음악만 나와도 할머니들
은 만반의 공격 준비를 하고 있다가 본격적인 애정 표현이라도 나오
면 진노하여 공동 대응하셨다. 할머니들이 연신 특유의 욕을 난발하
는 모습을 보면서, 나는 어렴풋이나마 미디어를 향한 대중의 심리 같
은 것을 느낄 수 있었다. 텔레비전을 욕하면서 보는 역사는 길고도 길
었던 것이다.

　학교도 가기 전 이른 나이에 텔레비전에 입문하면서 사회에 눈을
뜬 나는, 배우라는 직업을 마음속 깊이 진작부터 꿈꿔 왔다. 그리고
참 감사하게도 배우로서 상상도 하지 못할 만큼 많은 사랑을 시청자
들에게 받아 왔다. 교수로서 대학에서 젊은이들을 가르치기도 했다.
지금도 많은 분들이 '우리 애가 연예인이 되고 싶어 해요, 방송국에서
일하고 싶어 해요, 방송에 흥미가 많아요'라며 관심을 표시해 온다.
그런데 그들 부모의 마음속에는 텔레비전에 대한 아주 묘한 불신감
혹은 불안 같은 것이 엿보인다.

텔레비전의 이면에 대해 아이들은 동경하고 어른들은 걱정한다.

그렇다. 이제는 내가 나서서 다음 세대에게
더 많은 것을 전해 줘야 하며,
부모들에게도 걱정이 아니라 지원책에 대해
허심탄회하게 이야기해 줘야 할 때라는 생각이 든다.
바로 이런 이유로
나와 내 동생이 의기투합하여 텔레비전에 대한 글을 쓰기로 했다.

지금의 텔레비전, 즉 미디어 세상은 대단한 격변기를 맞이했다. 음악, 예술, 학술 등 한국의 많은 분야가 국내가 아닌 세계를 무대로 하고 있어서인지 한국어와 외국어가 뒤섞이는 현상을 자주 볼 수 있다. 최근의 미디어 환경에서는 한국어가 아닌 외국어까지 그대로 전송하는 경우가 드물지 않다. 만약 이대로 간다면 앞으로 30년 뒤에는 순수하게 한국어로만 글을 쓰는 사람이 몇 되지 않을 수도 있다. 노래 가사에도 외래어 수준을 넘어선 외국어가 하도 많이 등장해서 어떨 때는 한국어로 말을 주고받는 사람이 사라지는 게 아닐까 하는 무서움이 들기도 한다.

하지만 세상은 우리가 생각하는 대로 꼭 그렇게 흘러가는 것만도 아니다. 2019년 코로나19가 발생하기 이전까지만 해도 트로트는 이제 끝났다고 다들 믿었지만 임영웅과 같은 젊은이들이 어느 날 꿈처럼 우리에게 왔다. 텔레비전을 통해서. 이 세상에 없었던 그들이 하루아침에 새롭게 태어난 것도 아닌데, 사람들은 거짓말처럼 어느 한 시점부터 거기에 주목하기 시작했다.

  늘 그래 왔듯이 오늘과 내일은 인과 관계로 연결되어 있다. 지금 세
계의 많은 사람들이 한국인들에게 묻는다. 한국은 왜 갑자기 이렇게
멋있어졌느냐고. 우리는 이 지점을 진지하게 고민해 본 적이 없지만
우리의 텔레비전은 그 답을 알고 있다. 우리의 다음 여정이 언제 어디
에서 이루어질지 모른다. 그러나 지금은 기록해야 할 때이며 기억해
야 할 때이다. 어려움과 행복은 식빵과 잼 같은 사이이다. 우리의 지난
날은 어려움으로 가득 차 있지만 텔레비전은 말한다, 그건 행복한 시
절이었다고. 내일을 기대하는 사람에게는 오늘이 있어야 한다. 오늘
이 바로 어제의 내일이었다면 우리는 텔레비전 속에서 내일에 대한
많은 답을 찾을 수 있을 것이다.

  미래가 어떨지는 아무도 알 수 없다. 사람들은 아무도 감히 미래를
알 수 없다는 사실을 잘 안다. 그럼에도 많은 이들은 미래가 어떨지 정
말 알고 싶어 한다. 텔레비전에는 정말 많은 순기능이 있다. 그중 하나
는 변화하는 세상을 위대한 이들의 예리한 눈을 통해 보고 들을 수 있
다는 점이다. 어떤가. 이제 새로운 텔레비전에, 아니 우리의 텔레비전
에 다시 주목해 봐야 하지 않겠는가.

변우민

모두를 위해 열린 무대

나는 텔레비전 출연을 극도로 꺼리는 사람인데 어쩌다 보니 강의 때문에 텔레비전에 나오는 사람이 되었다.

　오빠는 내가 고등학생 때부터 유명했다, 그것도 전국적으로 떠들썩하게. 나의 고등학교 동기들이 전하는 졸업식장 분위기만 하더라도 그렇다. 졸업식을 시작하기도 전에 갑자기 여학생들이 엄청난 비명을 내지르는 바람에 운동장이 몹시 소란해지는 촌극이 벌어지기도 했다. 그 당시 청춘스타로서 폭발적인 인기를 누렸던 오빠가 롱코트를 펄럭이며 졸업식장에 나타나 벌어진 일이었다. 나는 앞쪽에 앉아 있어서 이런 모습을 제대로 보지 못했고, 당시에는 별로 보고 싶지도 않았다. 그런 상황이 멋쩍었고 틀림없이 주변에서 수군댈 것이기 때문이다. 가족끼리 어디를 함께 나갔다가 오빠 주변으로 사람들이 너무 많이 몰려드는 바람에 이별 아닌 생이별을 한 적이 한두 번이 아니었다.

핸드폰도 삐삐도 없었던 시절, 이별은 그냥 이별이었다. 우두커니 서서 그 사람들이 지나가기를 기다리는 것밖에는 달리 방법이 없었다.

텔레비전에 출연할 만한 사람은 따로 있다. 내 관점에서 오빠는 충분히 출연할 만한 사람이었다. 내가 텔레비전 출연을 꺼리게 된 데는 아무래도 이런 오빠의 영향도 있다. 오빠는 어렸을 때부터 남달랐다. 주어진 옷에 만족하지 않았다. 추리닝 바지 하나도 엄마 몰래 의상실에 가서 맞춤 제작을 했다. 오빠가 네 살 때 모습이 담긴 흑백 사진을 보면 발 한쪽을 약간 과장스럽게 뻗고 있는데, 그날은 오빠가 새 신발을 신었던 날이었다. 공부를 최고의 가치로 여겼던 대한민국의 평균적 부모님 범주에 속했을 우리 부모님께 이런 자식은 매우 우려스럽기도 했을 것이다. 아무 옷이나 걸쳐 입고 공부나 열심히 할 것이지! 사진은 의젓하고 조신하게 찍을 것이지! 한번도 이렇게 말씀하지 않으셨지만 어쩌면 그런 생각을 하셨을 것 같다.

우리 오빠한테 다들 왜 열광하는지 오랫동안 잘 이해가 가지 않았다. 어렸을 때는 오빠가 특별히 남들보다 잘생겼다고 생각하지 않았다. 20세기의 한국 사회에서 빡빡머리 사춘기 중고등학교 남학생이 집에서도 준수하게 잘생기기란 불가능에 가까운 일이 아닐까. 친구들이 가끔 '네 오빠 잘생겼어.'라고 말해도, 친구들 역시 자기 집에 가면 그 정도로 생긴 오빠 하나씩은 다 있을 줄로만 알았다. 배우 원빈 씨 부모님이 너 정도 생긴 사람은 많으니 연예인 할 생각을 말라고 하셨다는데, 그 말이 충분히 이해가 가고도 남는다. 가족들은 모른다.

오빠가 어느 날 거짓말처럼 텔레비전에 출연했을 때도 그랬다. 사람이 너무 비현실적인 처지에 놓이면 믿기지 않아서 그 현실 자체를 부인하는 경향이 있다. 나도, 가족들도 그랬다. 오빠가 텔레비전에 나오는 빈도는 점점 잦아졌는데 그럴 때마다 신기하기는 했지만 동시에 어찌해야 할지 몰랐다. 마치 숙제를 하는 것처럼 우리가 별로 좋아하는 프로그램이 아님에도 의무적으로 그 방송을 봐 주는 것으로 동생으로서, 가족으로서 도리를 다했다고 스스로 만족했던 것 같다. 지금 생각해 보면 전혀 준비되어 있지 않은 상태에서 갑자기 너무 유명한 연예인의 가족이 되는 매우 특별한 경험을 하면서 살아온 것 같다.

내가 대학생이었던 시절, 오빠는 그야말로 최고의 인기를 누리고 있었다. 그 당시 나는 대학 기숙사에 살고 있었는데, 천성이 따스한 오빠는 동생이 기숙사에서 밥을 제대로 못 챙겨 먹을까 봐 바쁜 일정에도 나를 살뜰히 챙겨 주곤 했다. 그저 대학생에 불과했던 내가 김민종 씨와 식사를 하거나, 분장실에서 김완선 씨와 내내 함께 있을 수 있었던 것도 다 이런 오빠 덕택이다. 이경규 씨, 유희열 씨, 김희애 씨… 이름만 대면 전 국민이 알 만한 사람들의 빛나던 순간을 눈앞에서 지켜보는 경험을 대한민국의 모든 여동생이 할 수 있는 것은 아닐 것이다. 심지어 오빠가 나를 데리고 모 음료수 광고에 출연한 당대 최고 인기 배우였던 주윤발 씨를 만나 식사를 함께 한 적도, 영화 〈인도차이나〉의 주연 배우인 뱅상 페레즈, 린당 팜과도 함께 식사를 한 적도 있었다. 아, 그런데 어쩌면 좋은가. 나는 이 사람들이 정확히 어떤 사람인지 그

1990년의 배우 주윤발 씨 부부와 나.
마치 개구장이처럼 보이지만
주윤발 씨는 인간미가
넘치는 사람이다.
다른 사람을 배려하는 태도는
놀라울 정도이다.

리고 얼마나 유명한 사람인지 솔직히 잘 몰랐다. 변명을 굳이 하자면
내가 살았던 기숙사에는 텔레비전이 한 층에 한 대밖에 없었기 때문
이었다고 해 두자.

지금은 시대가 많이 변했다. 지난 세기, 유명인의 가족으로 사는 것
은 참 어색하고 부담스러웠다. 학교 곳곳에서 길을 걷는 내내 '야, 야,
쟤야 쟤.' 하는 이야기를 뒤통수 너머로 들었다. 연예인 누구누구는 어
때? 오빠가 돈을 많이 벌겠네, 용돈은 얼마나 줘? 기분이 별로 좋지 않
은 황당한 질문도 있었나. 사람들에게 지나친 관심의 대상이 되는 것
같아 늘 부담스러웠다. 오빠가 일부러 나를 생각해서 신경 써서 데리
고 간 곳에서도 나는 어쩐지 잘 어울리지 않는다는 느낌이 들었다. 텔
레비전이 발탁한 인물들은 확실히 나 같은 사람과는 차이가 크다. 눈
앞에서 이들을 딱 보는 순간 누구든 느낄 수 있다. 설명하기 쉽지 않
지만 그 사람들 앞에 서면 아우라 같은 것이 바로 느껴진다. 그런데 아무

런 노력 없이 후줄근한 옷차림으로 헐레벌떡 뛰어간 대학생은, 그 당시에 오빠의 체면을 깎아내리기에 딱 적합했을 것 같다. 지금 만약 다시 20대로 돌아가는 기회가 온다면, 나는 내가 가진 옷 중에서 제일 예쁜 것을 입고, 아마도 삼 주 전부터 내가 만날 사람들에 대하여 위키피디아에서 미리 조사하고, 이 사람들을 만나면 스마트폰으로 사진을 백 장 정도는 찍어 올 것 같다. 그러나 이제 그럴 수 없기에 나는 대신 이 글을 쓰고 있다.

텔레비전에 나오는 사람을 가리켜 흔히 '공인'이라 한다. 공인은 되기도 어렵거니와 공인으로서의 책임감 또한 남다르다. 그렇기 때문에 정작 당사자들에게는 이런 것들이 큰 부담감으로 작용하기도 한다. 시청자들은 이런 점까지도 감안하여 공인으로서 자격이 있는 사람을 늘 텔레비전에서 찾고 있는 것일지도 모른다. 요즘에는 '인플루언서'라고 하지만 예전에는 방송에 출연하는 사람들을 '딴따라'라고도 불렀다. 뭐라고 불렸든 그 사람들은 그때 이미 많은 사람들에게 굉장한 영향력을 끼쳤다. 그런데 그 속에는 '추앙과 비하' 같은 양가적인 감정이 공존하고 있다. 그래서 텔레비전이 미워질 때면 가차 없이 '바보상자'라는 이름을 끄집어 낸다.

하지만 한국의 텔레비전은 특정한 사람들만의 무대가 아니다.
그렇게 된 지 오래되었다.
우리나라는 벌써 50년도 더 전에

텔레비전으로 대학 교육을 송출하기로 결심했을 뿐만 아니라
그것을 곧바로 실행에 옮긴 참으로 대단한 나라이다.
그런 차원에서 보자면 텔레비전은 바보상자도 아니고
딴따라의 전유물도 아니다.

한국 사회에 일찍이 없었던 새로운 산업으로서 이미 큰 역할을 하고 있으며, 텔레비전이 절대 담을 수 없을 것이라 믿었던 것들이 이제는 속속 그 안에 탑재되고 있다. 최근 높아진 한국의 위상에는 텔레비전이 자리 잡고 있다 해도 과언이 아니다. 누가 이걸 모르냐고? 아니다. 사람들은 막연히 알고 있을 따름이다. 하지만 이런 사실을 아느냐 모르느냐의 차이는 근미래에 전혀 다른 결과를 낼 것 같다. 예전에는 없었던 커다란 무엇인가가 곧 텔레비전에서 쏟아져 나올 수 있기 때문이다. 이 사실을 아는 아이들과 모르는 아이들은, 또 이 아이들의 부모들은 선택의 기로에서 전혀 다른 결정을 내리게 될 것이다.

나의 오빠라는 생각을 내려놓고 모든 이들의 오빠로 생각한 지 어언 사십 년이다. 나는 한 개인으로서 방송인을 곁에서 지켜봐 왔던 이야기를 누구보다 잘할 수도 있다. 아마 이 부분이 더 재미있을 것이다. 하지만 나는 내가 더 잘할 수 있는 분야가 따로 있다고 생각한다. 나는 이 책에서 우리 텔레비전의 교육과 관련한 이야기를 주로 할 것이다. 비록 재미는 덜하겠지만 많은 독자들이 이 부분도 흥미롭게 받아 주시기를 바란다.

책을 쓰면서 오빠로부터 많은 것을 배울 수 있었지만, 오빠와 책을 쓴다는 것은 생각보다 어려웠다. 절대 어렵게 쓰지 말자는 오빠의 당부까지 있다 보니 수정 작업이 끊이지 않았다. 그런데 과연 젊은이들도 우리 이야기에 관심을 가질지 자신이 없었다. 그래서 원고를 마치자마자 평소 아끼는 이동휘 군에게 읽어 달라고 부탁했다. 미디어를 전공하고 무려 형이 '최최차차(최애는 최애, 차은우는 차은우)'의 주인공인지라, 동휘 군이라면 우리 책에 대해 그 누구보다 피드백을 잘해 줄 것 같았다. 이틀 만에 다 읽고 감상을 보내 줬는데 "너무 쉽게 읽히고 재미있어서 다들 좋아할 것 같습니다! '엥, 벌써 끝났어?' 할 정도로 집중해서 읽었습니다!"라고 해 줘서 참 고마웠다.

마지막으로 방송대출판문화원 신경진 선생님께 꼭 감사를 전하고 싶다. 저자가 둘이다 보니 수고로움은 아마도 다른 책의 두 배 이상이었을 것이다. 제목을 정하는 일도 쉽지 않았다. 편집과 체제, 표지 디자인 선택까지 우리의 작은 생각이 이토록 근사한 모습으로 선보일 수 있게 된 것은 모두 신 선생님의 남다른 감각과 수고 덕택이다. 우리 책에 끊임없이 관심과 지지를 보여 주신 '지식의날개' 출판사에도 감사를 드린다.

이런 말은 늘 쑥스럽지만 응원을 아끼지 않은 주변 분들, 그리고 부모님과 가족에게도 이 지면을 빌려 감사를 전한다, 무한 감사를.

변지원

한국이 사랑하는 '바보상자'

동방'예능'지국에 '교육' 한 스푼

텔레비전에 네가 나왔으면 정말 좋겠네

4부

텔레비전의 스핀오프는 현재 진행형

그리고 다시 텔레비전으로

1부

한국이 사랑하는 '바보상자'

당신이
보는 것이
바로 당신이다

어떤 프로그램에는 사람들이 열광한다. 기획자도, 제작자도 전혀 예상치 못한 경우가 많다. 반면에 큰 기대를 받았지만 흐지부지 사라져 버린 프로그램도 너무 많다. 어떤 작품이 누구에게 가닿을 것인지는 아무도 모르지만, 많은 사람들이 시청한 프로그램에는 확실히 어떤 힘이 있다.

해방 이전에 태어난 분들은 20대 이후에 텔레비전이라는 물건을 처음 접했을 가능성이 높다. 한국전쟁 즈음에 태어난 분들 역시 혈기 왕성한 시기에 이르러서야 이 요물을 접하셨을 것이다. 이분들에게 텔레비전이란 '고급', '향유', '서구적' 등의 이미지가 있다. 그 이후 이른바 베이비붐 세대에게 텔레비전은 문화 종합 선물 세트 같은 것이었다. 여기에서 만화를 마주했고, 따라 하고 싶은 패션과 이상형, 심지어 아파트와 같이 살고 싶은 집마저도 영향을 받았다. 그러다 1970년

대생 정도에 이르면 속칭 3대 고시(사법, 행정, 외무)의 권위를 위협할 정도로 텔레비전의 영향력이 막강해진다. 방송사나 신문사 입사 시험을 '언론 고시'라고 불렀을 정도인데, 거기에는 그만한 이유가 있었다. 텔레비전을 보면서 자라난 '텔레비전 키드'는 아무리 어렵다 하더라도 그만큼 텔레비전 속에서 일하고 싶어 하기도 했다. 거기다 인구학적으로 최정점이었던 세대가 아닌가. 그러다 보니 방송가 내의 경쟁도 치열해질 수밖에 없었다. 하지만 최근에는 언론과 더불어 텔레비전이 갖는 영향력도 예전에 비해 축소되고 있다.

무엇을 본다는 것은 결코 흔적 없이 사라져 버릴 일이 아니다. 미국 드라마 〈왈가닥 루시〉[1]를 본 사람에게는 미국 사회에 대한 막연한 기대와 동경심이, 드라마 〈뿌리〉[2]를 본 사람에게는 인류애와 정의감이, 예능 프로그램 〈무한도전〉을 본 사람에게는 절대 실패하지 않기 위해 계획하고 아등바등하는 것보다 무모하더라도 한번 도전해 보는 것이 더 가치 있다는 용기가, 음악 프로그램 〈가요무대〉를 본 사람에게는 지난 시절에 대한 향수가 전해지지 않을까?

세상의 모든 사물은 태어남이 있다면 소멸이 있다. 텔레비전에서 이토록 많은 프로그램을 만들어서 보여 주는데, 어떤 것은 사람들이 기대 이상으로 열광하지만, 어떤 것은 열심히 만들었음에도 인기가 없다. 세대별 특징도 있다. 특정 세대는 공감하지만, 다른 세대의 사람들은 전혀 이해하지 못하는 것들이 있다.

시청률을 보면, 20~30대의 텔레비전 시청률은 크게 줄어들고 있다.

2024년을 기준으로 봤을 때, 20대는 전년 대비 41.4→29.8퍼센트로, 30대는 67.8→55.2퍼센트로 낮아졌다.[3] 20대 이하는 스마트폰을 보지 텔레비전으로 무언가를 볼 생각 자체를 하지 않는다. 그렇지만 이들도 무언가를 보기는 본다. 젊은 층은 텔레비전을 스마트폰으로 시청하고, 돈을 더 지불하더라도 넷플릭스(Netflix) 같은 OTT(Over The Top, 온라인 동영상 서비스)를 소비한다. 꼬마들이 넋을 잃고 유튜브를 시청하고 있는 모습을 간혹 볼 수 있는데, 아직 학교에 취학하지 않은 아이들까지도 요즘은 무언가를 보고 있다. 화면을 대하는 시간이 인류에게 점차 늘어나고 있음에는 이론의 여지가 없다.

우리 모두는 무언가를 본다. 한강 작가의 노벨문학상 수상으로 서점가에 모처럼 활기가 돌기도 했지만, 그럼에도 이제 전 세대에 걸쳐서 책보다는 화면이 더 익숙하다. 거기에서 우리는 웃음을 얻기도, 고된 노동을 잊기도 하고, 지루함을 이겨 내고 괴로움을 씻어 버리기도 한다. 그 속에서 지식과 정보를 얻는 사람도 있고, 인생의 진리를 찾는 사람도 있다. 그저 재미로 드라마 한 편을 보았다고, 심심해서 영화 한 편을 보았다고 하는 사람도 있지만 과연 그럴까.

아비투스[4]와 같은 개념을 굳이 소환하지 않아도 우리의 습관, 가치관, 신념, 믿음, 의식, 판단, 아름다움과 같이, 이미 자신 속에 훅 들어와서 굳건하게 자리 잡은 뒤 자기 자신과 뗄 수 없는 무언가로 '하나' 되는 것이 있다. 우리가 사용하는 언어뿐만 아니라 사소한 손짓 하나에도, 몸짓 하나에도 그 사람임을 나타내 주는 어떤 것이 있다.

바로 어제까지 넋을 잃고 봤던 드라마 주인공이 입었던 조끼가 마침 내 눈앞에 있고 나는 조끼가 필요했던 상황이라면? 지난주 내내 그토록 재미있게 본 예능 프로그램이 진행되었던 장소로 친구가 오랜만에 놀러 가자고 한다면? 드라마 속에서 정말 얄미운 캐릭터를 봤는데 나와 사이가 좋지 않은 팀장이 딱 그런 스타일이라면? 내 팔자걸음이 어딘가 좀 이상하다고 느끼던 차에 다큐멘터리에 나온 악당 같은 원숭이의 거들먹거리는 듯한 걸음걸이가 무척 눈에 거슬렸다면?

내가 본 것에서 과연 나는
얼마나 자유로울 수 있을까.
우리가 무언가를 보면서 싫어하고 좋아하고
공감하고 비난하고 애틋하게 느꼈던 그 감정들이
결국 나를 만든다.

"텔레비전에 내가 나왔으면, 정말 좋겠네~에, 정말 좋겠네!~"라는 노래가 있다. 예전에는 정말로 그랬다. 앞으로의 텔레비전은 이와는 정말 달라질 것이다. 예전에는 텔레비전이 권력이었다. 방송에 누구를 내보낼 것인지는 소수가 결정했다. 이제는 더 이상 그럴 수가 없다. 그랬다가는 망하기 딱 십상이다. 오히려 무엇을 발굴할 것인지, 그리고 누구든 참여할 수 있고 누구든 기회를 가질 수 있는 광장과도 같은 역할을 누가 어떻게 할 것인지가 더욱 중요해졌다.

요즘 누가 텔레비전을 보나 싶지만 일주일에 5일 이상 본 사람의 비율이 2023년을 기준으로 아직은 71.4퍼센트에 달한다.[5] 당신이 봐 주는 덕택에 텔레비전은 아직 살아 있다! 미래의 나는 어떻게 만들어질 것인가? 바로 내가 보는 것으로 만들어질 것이다. 이런 이유에서 텔레비전은 여전히 중요하다. 텔레비전 키드에게도, 텔레비전을 절대 보지 않으려는 누군가에게도 말이다.

텔레비전
안테나를
부여잡고

예전에는 집에서 텔레비전을 시청하기 위한 일종의 의식 같은 과정이 있었다. 날씨가 별로 좋지 않은 날에는 텔레비전의 접속 상태도 나빠졌는데, 그럴 때면 수상기를 툭툭 건드려 주면 제 모습을 되찾았다. 또 각 가정의 수상기에 달려 있는 안테나를 이리저리 돌려 가면서 부디 신호가 좀 잘 잡히기를 간절히 바라며 더 선명하게 화면과 소리를 수신하려고 애쓰는 일이 다반사였다.

요즘은 모두 스마트폰이나 컴퓨터로 혼자만의 프로그램을 즐기지만 예전에는 텔레비전 하나에 온 식구가 매달려서 지켜봐야만 했다. 그런데 화면이 잘 나오다가도 어느 날 갑자기 선명하지 않게 나오는 경우가 더러 있었다. 갑자기 화면이 지지직거리며 잘 나오지 않으면, 수상기에 달린 실내 안테나로 일단 조정해 보다가 그것도 잘 안 되면 외부의 안테나를 손봐야 했다. 홍수나 태풍 등이 지나가고 나면, 보통은 자녀들 중 하나가 지붕이나 장독대 등에 있는 안테나를 이리저리 손보고, 방 안에 남은 식구들은 밖에 있는 사람이 들을 수 있도록 소리를 질러 가며 텔레비전의 상태를 알려 줬다. '아직 멀었다', '아까보다 더 화면이 안 나온다', '이제 딱 맞다' 등의 이야기를 주고받으며 팀플레이를 펼쳤다. 이 팀플레이 끝에 비로소 만족스러운 텔레비전 시청이 가능했다.

영국이나 미국에서는 텔레비전 수상기가 한국보다 훨씬 먼저 나왔다. 미국 가정에 보급된 텔레비전 숫자는 제2차 세계대전이 끝나고 얼마 되지 않은 1948년에 이미 91만 대였다. 그러다 컬러텔레비전이 유행하기 시작한 1955년 정도가 되면 3,759만 대로 폭증한다. 그런데 수상기의 발달과 그 보급 속도를 따라갈 만큼 수리공이 충분하지 않았다. 그러다 보니 여러 가지 독특한 현상이 나타났고, 심지어 '튜브 테이커(tube taker)'라는 말까지 생겨났다. '브라운관 갈취자' 정도 되는 뜻인데('tube'는 텔레비전 브라운관을 가리키는 미국식 표현이다) 이게 도대체 무슨 뜻일까. 수리공이 부족하다 보니 아무 문제없이 멀쩡한 텔레비전 브라운관에 문제가 있다고 사람들을 속여서 수리비를 두둑하게 한몫 챙기는 사람들이 그 당시에 골칫거리였던 것이다. 이런 문제가 빈번하자 영국에서는 텔레비전 대여는 물론 유지 보수 업무까지 담당했던 리디퓨전(Rediffusion)이라는 회사가 생겨날 정도가 되었다.[6] 미국에서는 한동안 집집마다 아버지들이 차고에서 어떻게 해서든 자기 집 텔레비전을 수리해 보고자 끙끙대다가 결국 1963년에 수리서비스국(The

Bureau of Repair Services)이 설립되기에 이르렀다고 한다.[7]

요즘 한국의 텔레비전 수상기 수리는 세계 최고 수준이다. 수리만 최고이겠는가. 생산 자체가 이미 세계 최고이다. LG와 삼성의 텔레비전은 글로벌 시장에서 출하량과 매출 면에서 모두 1위를 차지했다.[8] 기술적으로도 디자인적으로도 흠잡을 데 하나 없다. 최고의 화질로 온 세상을 생생하게 전송해 주는 텔레비전 시대에 우리는 살고 있다. 그러다 보니 요즘 젊은 세대는 텔레비전 안테나 같은 것은 본 적도 들은 적도 없을 것이다. 하지만 집 안팎에서 안테나를 부여잡고 이리저리 돌려 가면서 여기저기서 보인다, 안 보인다, 한바탕 소동을 치르고서 마침내 잡을 수 있었던 영상과 소리, 그 집단적 성취감과 희열 가운데에서 우리의 텔레비전 산업은 성장해 왔다.

텔레비전이
시작한다

예전에는 생방송이 없었고 모두 녹화 방송이었을 것이라고 생각하는 사람들이 많다. 하지만 그렇지만은 않다. 내가 기억하기로 예전 텔레비전에서는 시작과 끝을 알리는 의식이 매우 중요했다. 24시간 텔레비전을 시청할 수 있는 지금 세대로서는 상상하기 어렵다. 그래도 하루 방송이 모두 끝났음을 알리는 애국가 방송 장면 정도는 자료 화면으로 본 사람도 꽤 있으리라. 그런데 새벽에 아나운서가 나와서 그날의 텔레비전이 시작한다고 알려 주던 시절도 있었다는 점은 의외로 잘 모른다.

나는 아침부터 방송이 시작하기를 기다리는 것이 취학 전 일과였는데, 하루는 텔레비전이 시작할 6시가 되었는데도 이상하게 시작하지 않았다. 꼬마 입장에서 얼마나 불안했겠는가. 형이랑 나는 시계와 텔레비전을 계속 번갈아 보면서 가슴 졸이며 기다렸다. 6시 10분부터는

〈뽀빠이〉를 봐야 했다. 잠시 뒤에 당시 방송 시작 알림을 맡았던 홍선
량 아나운서가 헐떡거리면서 나타났다. 얼마나 숨이 차는지 "오늘(헉)
헉)… 방(헉)송 (헉)을 시작하(헉)겠습니다(헉)…" 이렇게 멘트를 전달했
다. 그리고 마침내 헐떡이는 소리가 멀어지며 그날의 텔레비전이 시
작되었다. 요즘 같으면 대형 방송 사고라 할 수 있을 정도이다. 하지만
그의 등장으로, 마치 우주의 별들이 운행 경로를 되찾은 듯 어린 나도
안도의 한숨을 비로소 내쉴 수 있었다.

　믿기 어렵겠지만 텔레비전 방송을 막 시작했을 무렵에 송출되는 국
내의 모든 프로그램은 생방송이었다. 반면 해외에서 제작된 것은 녹
화 프로그램이었다. 한국 최초의 텔레비전 방송은 달 탐사선 아폴로
가 달에 착륙한 것보다 훨씬 이전인 1956년에 KORCAD-TV(Korea RCA
Distribution-TV)에서 HLKZ라는 호출 부호로 처음 실시되었다고 한다. 미
국 상업 방송이 한국대리점을 통하여 그 당시 텔레비전 200대와 시설
자재 등의 구매 계약을 체결하면서 한국에 흑백 TV 수상기가 첫선을
보였다. 하지만 그때만 하더라도 일반인들의 경제 수준으로는 수상기
구입 자체를 엄두 내기 어려웠다.[9] 거기다가 지금 들어 봐도 생소한 이
름인 HLKZ-TV라니! 이곳은 만성적 재정난에 허덕이다가 1957년에
'대한방송주식회사(DBC)'라는 이름의 국내 최초 텔레비전 방송국으로
새로 시작했지만, 역시 재정난으로 1959년에 문을 닫고 말았다.

　그러다 같은 해, 부산문화방송국이 TV-라디오 방송국으로서 우리
나라 최초로 상업 목적의 민간 방송사로 개국하면서 국내에서도 텔레

비전 방송의 역사가 막을 연다. 부산에서 텔레비전이 시작되다니 정말 놀라운 일이 아닌가. 모든 것이 서울 중심인 오늘날, 지상파 방송사뿐만 아니라 케이블 방송사들은 당연히 서울에 위치하고 있다. 그런데 부산문화방송국은 문화방송 서울 본사보다 무려 2년이나 앞서 개국했다. 원래는 범일동에 있었는데 지금은 이전하여 복합 영상물 공간으로의 변신을 꿈꾸고 있다.[10] 더군다나 부산문화방송은 개국 당시에는 이름이 부산문화방송이 아니라 명실상부한 '한국문화방송'이었다. 아무튼 한국 텔레비전 방송의 본격적인 역사는 이렇게 시작되었다, 남도 부산에서.

전대미문의
할머니 해방구,
AFKN

내가 어렸을 때는 시골에 계시는 친척 분들이 종종 우리 집에 와서 며칠씩 머물다 가시곤 했다. 그중에서도 할머니들이 주요한 방문단이었다. 친할머니, 외할머니는 물론이고 시골에 계셨던 고모할머니 1, 고모할머니 2, 종고모할머니, 이모할머니… 정말 여러 할머니들이 계셨다. 할머니들은 예나 지금이나 할머니들끼리 잘 어울리시고 자손들에게 한없이 관대하시다. 그런데 삼삼오오 짝을 지어 우리 집을 며칠씩 방문하시는 할머니들에게는 또 다른 목적이 있었다. 그것은 바로 AFKN 시청을 통한 신문물 탐방이었다.

　AFKN은 American Forces Korea Network로 주한미군을 대상으로 한 미군 영어 방송이었다. 하지만 한국 텔레비전에서도 시청할 수 있었다. 우리 집에 텔레비전이 들어왔을 당시, 이 채널이 보여 준 놀라운 광경은 뭐라 형언할 수 없었다. 하물며 조선 시대 말쯤에 태어나셨을 할머니들에게 그것은 그야말로 놀라움 그 자체였을 것이다. 산 넘고 물 건너 도시라는 곳에 왔으니 반드시 '테레비'는 제대로 보고 가야겠다, 이런 욕심이 있었음에 틀림없다.

예전 텔레비전은 '도란스('트랜스', 즉 변압기를 의미하는 '트랜스포머(transformer)'를 일본어식으로 발음한 것)'라는 것을 통하여 전압을 바꿔 줘야 전원을 켤 수 있었다. 한국은 1960~1970년대만 해도 콘센트에 바로 텔레비전을 연결할 수 없는 경우가 대부분이어서, 전압을 조절해 주는 변압기를 사용해야만 했다. 이것이 일본에서 유입되었던 탓에 어른들은 '도란스'라고 불렀다. 할머니들은 우리 집에 도착해서 짐을 풀기가 무섭게, 어서 도란스 틀어 보라며 나를 닦달하시곤 했다. 도란스가 텔레비전을 켜 주는 오늘날의 전원 버튼 같은 역할을 한 셈이다.

당시에는 시청할 수 있는 채널이 그다지 많지 않았고, 더구나 대낮에 방송되는 프로그램은 거의 없었다. 할머니들께서 대낮부터 보려면 그나마 AFKN밖에 없었다. 지금은 한국의 텔레비전도 오락 프로그램을 많이 제작하지만 당시 AFKN이 보여 줬던 '오락'이라는 것은, 전쟁 후 '비극'이라는 장르밖에 몰랐던 현실 세계의 한국인들에게 '희극'이라는 과자 선물 세트를 선사해 준 것과 마찬가지였다.

AFKN은 피 끓는 청년 병사들이 고국에서 멀리 떨어져 지내며 느끼는 외로움을 이길 수 있도록 방영했던 것인데, 이것이 우리 할머니들에게는 매우 다른 방식으로 전달되었다. 지금 생각해 보면, 우리 할머니들은 너나 할 것 없이 남성 중심의 세상에서 태어나 아들만 최고라 생각하고 자기희생을 영광으로 여기며 살아오신 분들이다. 그러다 보니 '여자도 ~할 수 있다'라는 가설 자체가 통하지 않았을 것이다. 그런데 이분들 앞에 펼쳐지는, 진한 화장으로 자신을 가꾸다 못해 육감적 몸매를 적나라하게 드러내는 젊은 여성들의 모습은 "저, 저, 저 봐라, 아이구야, 우짤라꼬(어쩌려고)…!"의 대상이었다.

할머니들께서 이구동성으로 더욱 혀를 끌끌 차고 욕을 했던 부분은 다름 아닌 키스 신 비슷한 장면이었는데, 그럴 때면 어린 나로서도 매우 난감했다. 나는 정말 화가 나신 줄 알았다. 그래서 "끌까요?", "다른 데로 틀까요?"라고 조심스럽게 여쭸는데, 할머니들은 "아이구 시상에 (세상에)…"를 연발하면서도 "어데! 아이다, 나뚜바라(놔둬 봐라)." 하시며 끝내 끄지는 못하게 하셨다.

할머니들이 입을 모아 욕을 하신 건 어쩌면 할머니들께 텔레비전을 켜 드리고 채널도 바꿔 드리며 할머니들과 미국의 최신 오락 프로그램을 연결해 준 꼬맹이 보기가 민망해서였을 수도 있다. 하지만 우리는 피차간에 어쩔 수 없었다. 내가 아니면 할머니들은 아메리카 문화에 접속 불가 상태였다. 어머니는 할머니들의 삼시 세끼를 차리느라 경황이 없으셨다. 어머니가 정성스레 차린 식사를 우리 집 안방에서 드시면서 할머니들은 텔레비전 집단 비평의 세계에 빠져들었다. 그 먼 길을 오시느라 매우 피곤하셨을 텐데 텔레비전만 켰다 하면 목소리도 쩌렁쩌렁 정정해지며 전혀 피곤한 기색이 없으셨다.

당시 텔레비전은 안방에 들여야 하는 귀한 물건이었다. 할머니 텔레비전 유람단은 한번 방문하면 며칠씩 묵어가곤 하셨다. 어머니께는 아마 만만찮은 일이었을 것이다. 하지만 그때는 집안 어른들을 그렇게 대접해야 한다는 불문율 같은 것이 있었던 시절이고, 나 역시 맡은 임무에 충실했다. 그렇게, 시장해지면 얼른 밥상 들여라, 해 가며 텔레비전 앞에 며칠씩 자리 잡고 앉아서 평생 처음이자 다시없을 집단 성교육도 받으시고, 머나먼 나라 미국의 신문물도 접하고 가셨다.

비록 짧은 며칠이지만 근대화 교육과 성교육을 안방에서 화끈하게 접하고 시골에 있는 각자의 자리로 돌아가신 후에, 할머니들은 텔레비전에서 본 내용을 주변 분들에게 몇 날 며칠 동안 이야기했을 것이다. 생활의 변화도 엿볼 수 있었다. 유람단에 참석하셨던 할머니들이 다음 해나 그다음 해에 우리 집으로 오실 때는 쪽머리 대신 파마머리를 하고, 한복 대신 양장을 입고 오시기도 했다. 할머니들의 파급력은 과연 어디까지였으며, 주변 분들께 전달하셨을 그 이야기는 또 얼마나 기막히게 재미났을까!

우리 할머니들뿐만 아니라 다수의 한국인들이 시청했다는 점에서 AFKN이 끼친 영향력이란 실로 어마어마한 것이라 할 수 있다. 1957년에 개구히여 1996년에 VHF 채널을 반환하기까지 40년 동안 한국인 상당수가 시청했기 때문에, 어쩌면 한국 텔레비전 프로그램 문화의 시초라 해도 과언이 아닐 것이다. 텔레비전이 보여 줘야 할 대중문화란 무엇일지 당시에 그 누구도 말하지 않았겠지만, 우리 할머니들을 비롯하여 우리 가슴속에는 이미 어떤 불이 지펴졌다. 혹자는 이를 "한

국에 미국 문화를 전파하는 가장 중요하고 직접적인 파이프라인"이라
고도 했다.[11]

한국전쟁 이후 문화적 변방이었던 한국이 어떻게 그렇게 빠른 시간
내에 미국을 비롯한 서구 문화를 이해하고 따라가며 근대화를 이룰
수 있었을까. 심지어 시골에 계셨던 그 할머니들까지. 그 답은 바로 텔
레비전에 있었다고 해야 하지 않을까.

전국노래자랑,
너무 완벽해서
의심스러운

사람이라면 누구나 주인공이 되어 자신에게 조명이 집중되기를 바라는 심리가 있지 않을까 싶다. 송해 선생님이라고 그런 마음이 없으셨을까. 지금은 고인이 되신 선생님은 데뷔 66년 만에, 그것도 94세라는 연세에 〈송해 1927〉이라는 영화에 처음으로 주인공으로 출연하셨다.[12] 송해 선생님은 30년 이상 국내 최장수 프로그램 〈전국노래자랑〉의 MC를 맡으셨다. 그럼에도 송해 선생님을 주인공으로 생각한 사람은 아무도 없었다. 이것은 역설적으로 사람들이 그전에는 이 프로그램에 크게 관심을 두지 않았다는 반증이기도 하다.

이화여대 중문과 정재서 명예교수님께 들은 에피소드이다. 지인인 독일인 교수가 오래전 한국을 방문했는데, 우연히 채널을 돌리다가 〈전국노래자랑〉을 봤다고 한다. 말은 하나도 알아들을 수 없지만 하도 재미있고 인상 깊었는지 도대체 무슨 프로그램인지를 물어 보기에 전국의 보통 사람들이 출연하는 프로그램이라고 답했다고 한다. 그랬더니 그 독일인 교수는 절대 그럴 수 없다, 일반인들로는 절대 이런 프로그램을 만들 수 없다, 이것은 고도로 훈련된 사람들이 출연하는 프로그램이 틀림없다며 믿지 않았다는 것이다. 외국인들이 보기에 이것은 너무나 완벽해서 의심스러운 즉석 연출이었던 것이다.

〈전국노래자랑〉은 오랫동안 한국 사회에서 있는 듯 없는 듯했지만 없으면 너무 서운한 '그 무엇'이었다. 방영되는 시간 또한 프라임 타임과는 거리가 먼 일요일 정오이다. 갑자기 인기를 끄는 일은 없었지만 그럼에도 꾸준히 사랑받았다. 다른 프로그램에서는 시청자였을 사람들의 무대, 외국인의 눈에는 고도로 훈련된 사람들로 보일 정도로 프로를 능가하는 역량을 보여 주는 아마추어들의 무대, 전국 각지에서 세대와 직업을 불문하고 대중음악이란 어떤 것인지를 고스란히 보여 주는 무대, 멋지고 세련된 MC가 아니어서 더 많은 사람들이 아꼈던 무대…. 〈전국노래자랑〉이 가진 미덕을 들라면 아주 긴 지면이 필요할 것이다.

이 프로그램의 저력은 무엇인가. 송해 선생님에 이어, 김신영 씨와 남희석 씨가 그 뒤를 이어 가게 되었다는 점은 이 프로그램이 가진 힘이 다시 한번 드러나는 부분이다. 송해 선생님은 연륜, 남성, 구수함으로 어필했다. 김신영 씨는 젊음, 여성, 재기 발랄함과 특유의 에너지를 앞세웠다. 〈전국노래자랑〉 사회자가 자신의 평생 꿈이었다던 남희석 씨는 자신의 꿈을 이루는 모습을 보여 주며 시청자들에게 또 다른 기대감을 갖게 했다. 이것은 한국 사회에서 텔레비전이 추구하는 새로운 방향성과 부합하는 것이기도 하다.

이 프로그램이 처음 시작된 것은 1971년이다. 이때 첫 방송을 시작하고 그 후 잠시 휴지기를 거쳐 1980년부터 본격적으로 방영되었다고 한다. 송해 선생님은 코미디언으로 널리 알려져 있지만 사실은 성악을 전공했다. 노래라면 그 어떤 가수 못지않게 잘 부르는 분이다. 하지만 자신의 노래 실력을 드러내기보다는 다른 사람들의 노래를 지긋이 경청해 준 분으로 우리 모두에게 기억된다.

> 모든 사람의 마음속에는 자신만의 음악이 들어 있고
> 누구라도 음악으로 자신의 감정을
> 가감 없이 표현할 수 있다는 것을 믿은 분이
> 바로 송해 선생님이다.

누가 어떤 노래를 부르더라도, 심지어 결코 잘 부르는 노래가 아니어서 "땡!"을 여러 번 받는다 하더라도, 그 사람과 함께 기꺼이 즐기며 우리 모두를 즐겁게 해 준 능력자이셨다. 사람들의 지친 마음은 위로하고, 기쁨은 함께 나눌 수 있도록 하는 능력, 시청자들은 MC 송해의 이런 능력을 진작 알아본 것이다. 그리고 이 시청자들이 자발적으로 자신의 재능과 끼를 발산하여 만들어진 것이 다름 아닌 〈전국노래자랑〉인 것이다.

시청자를 수동적인 존재로 내버려 두는 것이 아니라, 이들을 무대 위로 끌어올려 텔레비전에서 완성될 수 있도록 돕는 것, 단순한 직업인으로서의 MC가 아니라 인간적 능력을 최대한 끌어올리는 조력자요 위안을 주는 진행자를 통하여, 한국의 텔레비전이 과연 어떤 경지에까지 다다를 수 있는지를 시험해 본 공간이 바로 〈전국노래자랑〉이라 할 수 있다.

그 옛날, 〈서동요〉가 세상에 널리 퍼지면서 평범했던 서동은 선화공주를 아내로 삼을 수 있었고, 아이들이 불렀던 노래 덕택에 바보 온달은 평강공주와 결혼하여 장군이 되지 않았던가. "텔레비전에 내가 나왔으면, 정말 좋겠네~에, 정말 좋겠네!"라는 노래도 오늘날 우리가 텔레비전과 관련한 기술력과 문화 능력을 키우고 눈부신 발전을 이룰 수 있도록 이끌지 않았을까.

일반 대중이 주인공으로 등장하는 현상은 인류 역사에서 찾아보기 어렵다. 어쩌면 텔레비전은 조용히 우리 대중에게 특별한 길을 열어 주고 있었던 셈인데, 우리 곁의 〈전국노래자랑〉이 보이지 않는 구심점 역할을 했던 것이다. '특별한 사람'이 아니라 '누구나' 텔레비전의 주인공이 될 수 있도록 한 시작점이라 해도 과언이 아니다.

예전에도
있었다,
쌍방향 텔레비전

텔레비전이 맞닥뜨리고 있는 위기는 어디에서 비롯되었을까. 유튜브 등 여러 다른 쌍방향 매체에 점점 밀려나 하락이라는 말도 어색할 정도로 절멸이라는 총체적 위기를 맞이하고 있다. 세대별로 "텔레비전이 필요하냐?"라고 질문하면, 연령이 낮으면 낮을수록 텔레비전은 필요하지 않다고 답한다. 한마디로 텔레비전은 이제 사라져야 한다고, 그럴 때가 되었다고 모든 관련 통계는 말하고 있다.

그렇다. 텔레비전이 쌍방향이 아니라는 점에 모두 주목하고 있으며, 이것이 텔레비전 위기의 주범이라는 점도 인정한다. 그런데 예상과 달리 쌍방향 텔레비전은 이미 오래전에 있었다.

1988년 봄, 올림픽 개최에 대한 기대로 전국이 들떠 있었다. 사람들의 마음속에는 더 멋지고 더 나은 것에 대한 희망이 가득 찼다. 그 열망 때문이었을 것이다. 우리는 그 당시에 아직 스무 살이 되지 않은 앳

된 모습의 배우 김혜수 씨를 〈순심이〉라는 드라마에서 만날 수 있었다. 나는 김혜수 씨의 아픈 손가락인 남동생 역으로 나왔다. 여기에 출연하기 직전, 나는 대학 재학 중에 학교 은사님인 김정옥 교수님께 발탁되어 〈바람 부는 날에도 꽃은 피고〉(1987, 김정옥 감독)라는 영화로 막 데뷔했다. 영화로 데뷔를 하다 보니 텔레비전에서는 그야말로 신인이었다. 그래서 나를 받아들이는 텔레비전도, 또 나 역시 서로 어색했다. 하지만 그때 방송가에서는 모르는 사람이 없었던 운군일 PD의 지휘 하에 촬영은 그야말로 물 흐르듯 순조롭게 진행되었다. 그러다 문제가 하나 터졌다.

어느 날 촬영 장면에서 내가 라면을 먹으며 누나(실제로는 김혜수 씨보다 내가 여섯 살 많다)에게 이야기하는 장면이 나왔는데, 이것이 나중에 문제가 되었다고 한다. 대본 리딩에서 진짜 라면을 먹지는 않기 때문에 우리 중 누구도 내가 왼손잡이라는 사실을 몰랐고, 나도 그것이 문제가 될 것이라고 상상도 하지 못했다.

요즘은 왼손잡이가 문제될 일은 없지만, 내가 어렸을 때만 하더라도 이것은 심각한 결함에 가까웠다. 학교에 입학할 즈음에 아버지도 나의 왼손 사용을 어떻게 해서라도 막아 보고자 깁스를 감행하셨을 정도였다. 하지만 갖은 노력에도 타고난 왼손잡이인 나는 오른손잡이로 갈아타지 못했고, 오히려 여러 면에서 퇴보 증상을 보였다고 한다. 결국 아버지는 마치 평생 숨겨야 할 큰 결함이 생긴 것처럼 마음 아파하셨고, 자식으로서 나의 자존감은 한없이 떨어졌다. 가수 이적 씨의

〈왼손잡이〉라는 노래 가사가 누군가에게는 낭만적이고 하나의 수사처럼 들릴지 모르겠지만, 나 같은 사람에게는 그 자체로 커다란 벽이며 아직도 완전히 아물지 않은 아픔으로 다가온다. 이런 시대였다. 그런데 아무리 전 국민에게 사랑받는 김혜수 씨라도 그렇지, 감히 그의 남동생이 왼손으로 라면을 먹는 장면이 텔레비전에 등장하다니! 시청자들의 민원 전화가 그 당시에 상당했다고 한다. 왼손으로 음식을 먹는 장면이 아이들 교육에 얼마나 지장을 줄지 생각이나 해 봤느냐는 항의성 내용이었다.

그로부터 한 세대가 지난 지금, 누가 왼손잡이를 비하하는 댓글을 쓴다면, 그 댓글에 대해서 오히려 더 많은 사람들이 그의 생각을 비판하는 댓글을 달 것 같다. 그렇다. 예전에는 텔레비전 프로그램에 대한 감상을 직접 방송국에 전화로 전하기도 했지만 요즘은 댓글이 달린다. 댓글은 그저 의미 없이 지나가는 말 한마디가 아니다. 누군가는 거기에 있는 단어 하나, 표현 하나에 깊은 고민을 한다. 댓글의 특성상 칭찬은 적고 비난은 많다. 만족한 사람은 자족하는 경우가 많기 때문에 굳이 댓글을 달 필요가 덜할 것이다. 작가가 마음먹으면 일사천리로 자기 마음대로 극본도 쓰고 방향도 정해서 마구 내달릴 수 있을 것 같지만, 텔레비전 방영을 목표로 한 작가라면 절대 그렇지 않다. PD가 자기 입맛대로 다 할 수 있을 것 같지만 역시 그럴 수 없다. 댓글이 가만두지 않기 때문이다.

댓글의 순기능과 역기능을 우리는 분명히 인지하고 있지만, 아무튼 댓글은 쌍방향의 기능을 하고 있다. 댓글을 다는 시스템이 없었던 시절에도 시청자들은 편지, 전화, 신문 기고, 직접 방문 등 무슨 수를 써서라도 자신의 의견을 전달하고자 했다. 그만큼 옛날부터 시청자들이 방송에 관심이 많았고, 교육적이지 않은 것(왼손잡이가 교육적이지 않다고 여전히 생각하는 분들이 지금은 많지 않기를)을 바로잡아야 한다는 일종의 사명감(!)이 있었던 것이다.

왼손잡이에 대한 비난에도 불구하고 신인 단역에 불과했던 나를 운군일 PD는 그다음에 바로 드라마 〈세노야〉의 주연으로 발탁해 줬다. 책임자들은 비난 전화의 내용을 신중하게 가려듣는다. 그리고 세상은 바뀌어 간다.

이쯤에서 드는 생각이 하나 있다. 만약 할머니들께서 AFKN 방송에 댓글을 남기셨다면 우리의 방송 역사는 어떻게 바뀌었을까. 상상만으로도 즐겁다. 지금 우리의 방송은 이미 쌍방향의 결과물이라 해도 과언이 아니다. 지금도 시청자들의 의견, 그것만큼 지엄한 것은 없다.

누가
이 사람을
모르시나요

'세계 최장 시간 연속 생방송' 기록은 한국이 보유하고 있다. 바로 KBS 에서 1983년 6월 30일에서 11월 14일까지 138일간, 총 453시간 45분 동안 방송했던 단일 생방송 프로그램 〈특별생방송-이산가족을 찾습니다〉이다. 많은 사람들은 아마도 이 프로그램에서 사용되었던 가수 곽순옥 씨의 노래 재목인 〈누가 이 사람을 모르시나요〉로 이 프로그램을 기억하는 것 같다. 나중에는 패티김 씨도 이 노래를 불러 노래 그 자체로 더 유명해지기도 했다.[13]

이 프로그램은 종영 후에도 〈사할린의 이산가족을 찾습니다〉(1990), 〈만남의 강은 흐른다〉(2015) 등으로 이어졌다. 그 당시의 자료들은 2015년에 유네스코 세계기록유산으로 등재가 될 정도로 방송 그 자체가 대단한 사건이었다.

1983년에 이 프로그램을 제작할 당시 KBS에서는 아나운서, PD, 조연출, 음향, 조명 스태프 등과 같은 내부 인력과, 전화를 받는 대학생 아르바이트 등의 외부 인력까지 합하여 약 1,000명에 육박하는 인력을 동원했다고 한다. 방송 기간에 이산가족 5만여 명이 여의도를 찾았으며, 방송국에는 가족을 찾아 달라는 신청이 무려 10만 952건이나 접수되었는데, 그중 5만 3,536건이 방송되어 결과적으로 1만 189가족이 재회하는 성과를 거두었다고 한다.[14]

　한국 사람들이 아니었다면 과연 이런 프로그램을 제작할 엄두나 낼수 있었을까. 영화 〈길소뜸〉(1986, 임권택 감독)과 〈국제시장〉(2014, 윤제균 감독)에서도 이 프로그램을 단편적으로 엿볼 수 있다. 이지연, 김동건, 신은경, 황인용, 강부자 씨는 이 프로그램에서 맹활약했던 방송인으로서 더욱 유명세를 탔다.

　원래 이 방송은 라디오에서 10여 년이나 해 온 것이라 애초에는 하루면 끝이 나고 기껏해야 열 가족 정도나 만날 것으로 예상했다고 한다. 하지만 접수 과정에서부터 이 예상은 뒤집혔고, 당시 이 프로그램 대표 진행자로 유명했던 이지연 씨가 인터뷰에서 밝혔듯이, 토요일 하루를 빼고 닷새 동안 꼬박 하루에 8시간 이상을 생방송으로 하고도 부족해 철야까지 했다는 것이다.[15] KBS는 이후 이를 발전시켜, KBS 디지털미디어국에서 〈코리안 디아스포라(Korean diaspora)〉라는 이름의 디지털 콘텐츠로 만들기도 했다. 이지연 씨가 자신도 이산가족이라는 사실을 나중에 밝혔고, 그 프로그램 도중에 만나지는 못했으나 나중에 잃어버린 오빠를 만날 수 있었다고 한다. 만약 라디오로만 이 프로

〈특별생방송 이산가족을 찾습니다〉 홈페이지 화면

그램을 이어 갔다면 어땠을까. 라디오와 텔레비전은 청취율/시청률이나 다른 성과 수치로만 단순 비교하기는 어렵다. 하지만 텔레비전의 위력을 보여 주는 중요한 사례가 아닐 수 없다.

한국인은 누구이며 어디에 살고 있을까. 이 프로그램은 역설적으로 '오늘의 한국인'을 비춰 주었다. 분단의 흔적이 여전히 남아 있는 우리 근현대사를 돌이켜 보면, 그 어느 나라와도 비교하기 어려울 정도로 여기저기 흩어져 살 수밖에 없었던 한국인들이 있는데 이들을 느끼게 해 준 프로그램이기도 했기 때문이다.

아픈 역사를 통해 태어난 동포들이지만 우리는 마치 현지인들을 부르듯이 무심코 이들을 '고려인', '조선족' 등으로 부르고 있다. 이 프로그램은 '가족' 또는 '민족'이라는 모습을 제대로 드러내지 못하고 흩어져 살았던 '한국인'까지도 다시 텔레비전에 모이게 했다. 전쟁의 상흔을 분석하고 설명하거나 다큐멘터리로 제작하는 것과는 달리, 전쟁 생존자들이 다시 모일 수 있도록 해 주고 이들을 통하여 더 늦기 전에 과거를 재조명할 수 있었다. 텔레비전의 역사라는 관점으로 보더라도 이 프로그램은 하나의 큰 전환점이 되었다.

애국가와
화면 조정 시간

요즘은 텔레비전 시청 시간이 따로 정해져 있지 않지만 예전에는 그렇지 않았다. 한국의 경우, 2012년 10월 이전까지 지상파 텔레비전 방송국의 24시간 방송은 법률로 금지되어 있었다. 그래서 텔레비전을 시작하는 시간이 있었고, 마치는 시간도 있었다. 시청 시간이 정해져 있던 시절, 우리나라에서는 방송 시작 시간인 아침 6시보다 15~20분 전에 화면 조정을 위해 테스트 패턴(test pattern)을 내보냈다.

테스트 패턴은 텔레비전 방송국에서 매일 정해진 프로그램 방송을 시작하기 전에 수상기 조정용으로 방송하는 특정한 고정적인 화면이다. 그 자체로 텔레비전의 시작을 알리는 신호이기도 했다. 한밤중에도 새벽에도 텔레비전 시청이 가능하고, 더군다나 아날로그적 감성으로 화면 조정을 굳이 할 필요가 없는 시대에는 이런 것이 낯설기도 하다. 하지만 예전에 테스트 패턴은 텔레비전의 시작 종 같은 것이었다.

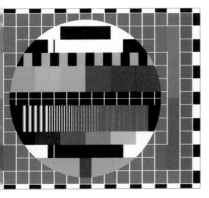

화면 조정을 위한 테스트 패턴(좌)과 SMPTE 컬러바(우)
(출처: 위키피디아)

가장 많이 사용했던 유형은 알록달록한 SMPTE 컬러바였다. 연배가
있는 분들은 화면 조정 시간이라고 하면 아마도 이 컬러바를 흔히 떠
올릴 것이다.

방송사마다 테스트 패턴은 다르다. 한국에서 방송사 이름이나 해당
지역을 테스트 패턴에서 표시하는 경우가 많았다. 영국에서는 소녀의
얼굴을 사용하는 등 좀 더 다양한 형태의 테스트 패턴을 사용하기도
했다.[16]

이것과 함께 애국가도 기억하는 분들이 있을 것 같다. 주한미군 방
송인 AFKN에서는 화면 조정 시간이 끝나면 애국가나 미국 국가 영상
을 틀어 주고 이후에야 정규 방송을 시작했다. 애국가를 정규 방송 시
작 전에 들려주는 것이 일반적인 것은 아니었고, 보통은 테스트 톤을

사용했다. 테스트 톤은 테스트 패턴에 맞춘 테스트용 신호음이나 음악을 말한다. 집집마다 안테나를 조정해 가며 텔레비전 수상기 화면을 맞추는 것뿐만 아니라, 소리도 알아서 조정해야 했기 때문이다. 컴퓨터를 켤 때에 '띠링' 하고 나오는 음악도 일종의 테스트 톤이다. 텔레비전 화면 조정 시간에 사용한 테스트 톤도 화면 조정에 사용된 영상만큼이나 다양했다고 한다.

초창기의 테스트 패턴은 1934년 영국 BBC TV에서 시험 방송용으로 제작한 모던 아트풍의 세로로 긴 형태나, 단순한 원형 밑에 줄을 하나 그은 것이라고 한다. 흑백텔레비전이었고 화면을 수신받는 데 성공하기만 해도 모두 만족했으니, 복잡한 화면 조정용 테스트 패턴까지는 필요가 없었을 것이다.

한국의 경우, 2008년을 기점으로 화면 조정 시간의 테스트 패턴 대신에 풍경 영상과 함께 클래식, 팝송, OST 등의 다양한 음악을 제공하고 있다. 이와 같은 것을 필러(filler)라고 한다. 2012년부터는 지상파도

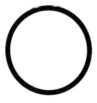

최초의 텔레비전 테스트 패턴
(출처: 위키미디어 커먼스)

24시간 방송이 허용되었지만, 정규 방송의 시작 시각은 오전 5시이다. 그 이후부터는 매일 새벽녘 정규 방송이 시작하기 직전에 약 3분 정도의 짧은 시간 동안 필러를 제공한다. 이것 역시 일종의 화면 조정 시간이지만, 이런 내용을 모르는 시청자가 본다면 프로그램 사이에 방송사가 잠시 시간을 때우려고 영상과 음악을 제공한다고 생각할 수도 있을 것이다.

테스트 패턴은 여전히 방송사의 제작에 영향을 끼치고 있다. 특히 녹화 방송은 사전에 인물과 배경 전체를 테스트한 후에 녹화를 시작한다. 카메라의 기능과 조명의 설정값, 그리고 각 방송국의 기술적 형식에 따라서 방송사마다 선호하는 색감과 질감이 있다. 시청자가 보기에, 어떤 방송국 화면은 조금 더 따뜻한 느낌을 준다, 어떤 방송국은 조금 더 세련된 느낌을 준다, 정도의 차이가 있을 것이다. 이런 차이는 테스트 패턴을 통해서 구현되는 것이다. 테스트 패턴을 보거나 테스트 톤을 들어 본 적이 있다면, 당신은 텔레비전을 생물학적으로 길들이는 방법을 본 것이요, 그만큼 텔레비전에 한 발 더 가까이 가 본 셈이다.

2부

동방'예능'지국에 '교육' 한 스푼

텔레비전
선생님

한국처럼 책을 읽지 않는 국가도 없다는 한탄이 사회 여기저기에서 터져 나온다. 그런데 외국인들이 한국에 대해서 하는 말을 가만히 들어 보면, 한국 사람들은 정말 똑똑하다, 라는 평이 많다. 책을 읽지 않는 똑똑한 사람들이 어떻게 가능할까.

오빠는 자신이 어렸을 때 텔레비전에서 배운 것이 정말 많았다고 회고하곤 한다. 그중에서도 "텔레비전이 바로 자신의 선생님이기도 했다"는 표현이 매우 인상적이다. 나는 텔레비전에서 〈미래소년 코난〉과 같은 만화를 즐겨 보았다. 지금 생각해 보면, 아이들을 위한 만화임에도 환경에 대한 탁월한 철학과 안목이 그 속에 들어 있었다. 그럼에도 나는 텔레비전을 통해 무엇인가를 특별히 많이 배웠다는 느낌은 갖고 있지 않다. 그런데 텔레비전에 대한 오빠의 집중력과 텔레비전을 대하는 태도를 보면, 왜 선생님이라고 하는지 알 수 있을 것 같다.

민주화 이전의 한국 사회를 생각해 보면, 지금은 당연하게 여겨지는 많은 것들이 당시에는 없었거나 금지되어 있었다. 인권이라는 개념도 약했고, 약자에 대한 보살핌도 보여 주기 식이거나 아니면 심성이 착한 몇몇 이들의 전유물 같은 것으로 여겨지곤 했다. 반항이나 연애는 종종 금지되었다. 학교에 가면 한 교실에 70여 명이 모두 까만 교복을 입고 빼곡하게 들어앉아서 마치 〈스타워즈(Star Wars)〉의 스톰트루퍼처럼 누가 누군지도 모르고 시키는 대로 해야 했다. 시키는 대로 잘하는 학생이 모범 학생이라고 칭찬을 받았으니까.

아, 그런데 텔레비전에 등장하는 중고등학교에서는 아이들에게 이름도, 패션도, 색깔도, 토론도, 연애도 허용되었다. 그뿐이 아니다. 선생님께 고민을 털어놓고 상담 선생님도 따로 계시다니! 질풍노도들끼리 한 교실에 뒤엉켜 좌충우돌할 수밖에 없는 아수라장이 우리 현실이었다면 텔레비전은 그 와중에 꿈꿀 수 있는 천국 같은 것이었다.

평생 아무리 몸부림치며 살아도 벗어던질 수 없을 것만 같았던 그 현실에서, 텔레비전은 저개발국가도 잘할 수 있다는 미래를 보여 준 셈이다. 그 속에서 앞으로 가져야 할 삶의 태도, 나중에 우리 자식들한테 우리와 같은 현실을 물려주지 않기 위해서 해야 할 일에 대해 암묵적인 결심이 섰던 것 같다.

지금은 학교에 학생이 없어서 문제가 되고 있다. 이 와중에 학교 콘셉트를 빌리고 훌륭한 강사를 직접 모시고자 하는 텔레비전 내의 경쟁도 치열해졌다. 전문가들이 등장하여 일반인들에게 강의를 하는 텔레비전 프로그램은 또 얼마나 많은가. 텔레비전 속에서 교수들은 더이상 대학에서만 가르치지 않고, 법률가들은 법정에서만 서지 않으며, 의사들은 병원에서만 진료하지 않는다. 역사, 의학, 환경, 경제, 정치, 법률… 너무나 다양한 분야의 전공자들이 수준 높은 강의를 선보인다. 다른 나라라면 책으로 나왔을 법한 내용인데 한국에서는 텔레비전에서 쉽게 만나 볼 수 있다. 한국의 텔레비전은 심지어 이런 내용을 아주 재미있게 만드는 기가 막힌 재주까지 있다.

어떤 프로그램은 원래의 의미에서 굉장한 변주 실력을 보여 주기도한다. 한국에서는 그냥 재미로 보았던 예능인데 세계가 주목하기도한다. 〈꽃보다 할배〉(2013~2018, tvN), 〈미스터리 음악쇼 복면가왕〉(2015~. MBC), 〈너의 목소리가 보여〉(2015~, Mnet) 등은 많게는 60여 개 국가에포맷이 판매되었다. 콘텐츠진흥원에 따르면, 2011년부터 2020년까지 한국 방송 포맷 102개가 전 세계 65개국을 대상으로 204건의 수출을 기록했다.[17] 이들 예능 프로그램은 그 포맷 자체가 언어를 뛰어넘기 때문에 다른 언어권에서도 쉽게 환영받는다. 한편 우리에게 익숙한 이른바 '배워 깨달음을 얻는' 프로그램들은 딱히 한국인만을 대상으로 하지 않는다. 〈벌거벗은 세계사〉(2020~, tvN) 등에는 많은 외국인이 출연하여, 자신도 그 역사에 대해서 정확하게 몰랐는데 오늘 많이

〈복면가왕〉, 〈벌거벗은 세계사〉 프로그램 홈페이지

배웠다며 감동하는 모습을 보여 주곤 한다.

　큰 깨달음을 얻거나 감동했을 때 사람에게서 나오는 다이노르핀이라는 물질이 있다고 한다.[18] 만약 이것을 상용화할 수 있다면 극심한 고통을 겪고 있는 환자들에게 큰 희망이 될 것으로 기대가 될 정도라고 한다. 만약 증상이 비슷하고 주어진 환경에 차이가 없는 환자라면, 텔레비전에서 깨달음을 얻고 큰 감동을 받는 이가 텔레비전을 보지 않는 이보다 더 빨리 호전될 것이다. 다이노르핀과 관련된 이론이 맞다면 말이다. 중요한 점은, 우리는 텔레비전에서 재미를 찾기도 하지만 그 속에서 무엇인가를 배우고자 한다는 것이다. 그것이 큰 기쁨으로 이어지는 경험, 나아가 그 기쁨을 다른 사람들과 함께하고 싶다는 생각, 그것이 우리 텔레비전의 큰 강점이 아닐까 한다. 한국이 좀 더 발전을 이룩한다면, 우리가 가진 이런 강점이 오히려 책으로 이어지지 않을까 하는 기대도 해 본다.

 역사를 기록해 둔다면 미래의 주인공인 우리 아이들에게 큰 영향을 끼칠 것이다. 아이의 여름 방학 숙제 중에 언젠가 '감상문'이 있었다. 우리 어린 시절에는 감상문이라고 하면 으레 책에 대한 감상문이었는데 그때는 한국 영화 3편에 대한 감상문이 숙제였다. 요즘은 집에서도 텔레비전으로 영화를 볼 수 있으니 함께 보면서 아이의 감상을 듣기도 하고, 또 부모로서 이런저런 감상을 아이에게 전해 줄 수도 있었다. 특히 역사적 사실은 책으로 설명하는 것도 좋지만 관련 영상이 있으면 아이가 이해하는 속도가 훨씬 빨랐다. '영상의 힘'을 새삼 느끼는 순간이었다. 숙제를 낸 선생님의 의도 또한 방학 동안 영상을 통해 다른 '선생님'도 한번 경험해 보라는 그런 뜻이 아니었을까.

책
대신에

책을 너무 안 읽는다고, 해마다 여기저기에서 걱정의 목소리가 높다. 앞으로도 한국인의 독서량은 해가 갈수록 점점 더 줄어들지 모른다. 책을 읽지 않는다, 라는 말에는 어쩐지 죄책감을 유발하는 듯한 뉘앙스가 담겨 있는 것 같다. 성인 한 명당 일 년에 한 권도 읽지 않았다는 식의 보도를 듣고 있으면 '설마…' 싶기도 하다. 하지만 나 역시도 해마다 독서량이 점점 줄어든다는 느낌이 든다. 읽고 싶은 책이 차고 넘치지만 마음속으로는 늘 핑계가 몇 가지 있다. 그래서인지 한국 사람들이 책을 안 읽는다는 이야기를 들으면 고개는 끄덕여지지만, 내심 책을 더 읽고 싶은 마음이 청개구리처럼 슬그머니 사그라지는 것 같다.

텔레비전이 책을 집어삼킨 것은 아닐까 하는 의심이 늘 터져 나온다. 하지만 텔레비전은 오히려 책을 광고하는 역할을 톡톡히 하기도

한다. 『왜 세계의 절반은 굶주리는가?』(장 지글러 저, 유영미 역, 갈라파고스),
『천재토끼 차상문』(김남일, 문학동네), 『은하가 은하를 관통하는 밤』(강기
원, 민음사), 『아무렇지도 않게 맑은 날』(진동규, 문학과지성사) 등은 이 책들
이 등장했던 드라마 〈시크릿 가든〉(2010, SBS) 덕택에 더 많은 사람들에
게 관심의 대상이 되었다.

　그림책 『폭풍우 치는 밤에』(기무라 유이치 저, 김정화 역, 아이세움)는 원래
도 유명하지만 드라마 〈주군의 태양〉(2013, SBS) 덕택에 더 유명해졌다.
이 작품은 애니메이션으로도 만들어졌는데, 그림책이 아름다운 우정
과 함께 인생의 쓸쓸함까지 고스란히 보여 줬다면 애니메이션은 원작
의 결말을 바꿔서 다소 충격적인 전개를 보여 준다. 〈주군의 태양〉에
서는 그림책과 애니메이션의 결말이 다르다는 사실까지 주인공인 공
효진 씨의 입을 통해 전달함으로써 독자들의 호기심을 증폭시켰다.
그래서인지 잠시나마 이 책은 갑작스레 폭증한 수요를 감당하지 못해
일시 품절이 될 정도였다고 한다.

　책을 읽고 싶은 마음에 비하여 훨씬 적게 읽게 되는 핑계 중에 '시간
이 없어서'가 꼭 들어 있다. 시간에 쫓기다 보면, 누가 책을 진지하게
읽은 다음에 마치 내가 직접 읽은 것처럼 느낄 수 있을 정도로 잘 정리
해 주면 좋겠다는 생각이 문득 들 때도 있다. 그래서인지 〈TV, 책을 말
하다〉(2001~2009, KBS)는 책 읽기에 대한 강한 열망을 불러일으켰다. 이
프로그램이 오랫동안 사랑받다가 갑자기 폐지되자 그에 대한 논란과
의혹이 적잖이 제기되었을 정도였다.[19]

〈TV 책을 말하다〉 프로그램 홈페이지

　우리는 책을 읽기 위해서 시각을 사용한다. 텔레비전을 볼 때도 역시 시각을 사용한다. 책을 읽기 위해 손도 움직여야 하는 것과 마찬가지로, 요즘은 스마트폰으로 책장을 넘기듯 그렇게 화면을 움직여 가며 텔레비전을 볼 수 있다. 책에 쏟아야 할 감각을 고스란히 텔레비전에 쓰고 있다는 점에서, 이 둘이 경쟁 관계라는 것은 의심의 여지가 없긴 하다.

　텔레비전 프로그램에 대한 감상을 나눌 수 있는 경로는 끊임없이 생겨나고 있다. 악플보다 더한 것이 무관심이라고, 시청자들과 계속 의견을 나눌 수 있는 것이 텔레비전'쟁이'들에게는 더할 나위 없이 고마운 일이다. 책이 좀 더 알려질 수 있도록 텔레비전은 새로운 경로를 개척하고자 적지 않은 노력을 기울였지만, 책은 비평의 기능을 담당하는 경우가 많아서인지 텔레비전에 대하여 대부분 비판적이다.

텔레비전은 책과 비교했을 때 한계비용이 낮다. 독자를 더 많이 확보하려면 상당한 비용이 더 들어가지만, 시청자를 더 늘리기 위해 방송국에서 더 들여야 할 비용은 딱히 없다. 반면, 일단 성공했다 하면 그것이 불러올 효과는 실로 지대하다. 좋은 텔레비전 프로그램은 책에서 오는 경우가 많다. 책은 콘텐츠의 정수이기 때문이다. 서구나 일본에는 만화책에서 온 드라마나 영화 등이 많지만, 최근 한국 드라마는 원작을 웹툰에서 워낙 많이 가져오다 보니 책의 영향력이 더욱 미미하다.

마이클 샌델의 『정의란 무엇인가』는 한국에서 책으로도 이미 인기를 끌었다. 하지만 그의 강연 내용이 EBS(〈하버드 특강-정의〉, 2011)에서 방영되면서 그 책은 베스트셀러 지위를 더욱 공고히 다졌다. 하버드 대학의 고풍스러운 샌더스 극장에서 펼쳐지는 그의 명쾌한 강연과 학생들의 호응, 질문은 한국의 시청자들에게 깊은 인상을 남겨 주었다.

하지만 텔레비전에서 책을 접할 수 있으니
'책 대신에 텔레비전'이라고 한다면 이는 어불성설이다.
책도 바뀌어 가고 텔레비전도 바뀌어 가고 있다.
둘 다 점점 약해지고 있다.
그런데 이 둘은 어느 하나가 죽어야만 다른 하나가 살아남는 관계가 아니다.
앞서 드라마의 예들을 보기도 했지만

경쟁관계 대신에 윈-윈할 수 있는 새로운 상생의 길은 반드시 있다.

영화나 드라마는 시작점이 글(대본)이고, 종착점은 영상(화면)이다. 결국 글과 영상이 협력함으로써 세상에 없던 것을 창조할 수 있다. 글과 영상이 서로의 단점을 잘 보완해 줄 수도 있다. 텔레비전은 혼자 책을 짝사랑하는 모습을 오래전부터 보여 오고 있는데, 부디 그 둘이 함께 나아갈 수 있는 길을 찾기를.

세상은
새로이
연결되어 가고

지금은 제대로 기억도 나지 않겠지만 코로나19가 막 터졌을 때를 돌이켜 보면 정말 공포스럽고 암담했다. 이 세상이 앞으로 어떻게 될까, 나 역시 행여 곧 병에 걸리게 될까, 세상의 모든 틀이 무너지는 것은 아닐까 걱정이 앞섰다. 무수한 이야기들이 나왔지만 모두 두려움에 떨고만 있었다. 이 세상은 갑자기 멈춰 선 듯했다. 마치 모두 '얼음 땡' 같은 몹쓸 마법의 주문에라도 걸린 것처럼 말이다. 그 누구도 무엇을 어떻게 해야 할지 알 수 없는 그런 상황이었다.

나는 그때 〈낭만닥터 김사부〉라는 메디컬 드라마의 두 번째 시즌을 끝마친 직후였는데, 그 덕택에 아이디어를 하나 냈다. 이 드라마는 실력을 갖춘, 그리고 그 누구보다 인간적인 의료인들의 이야기였다. 그래서 의료인들과 실제로도 긴밀한 관계를 맺고 있었다. 단순한 연기가 아니라 수술실을 비롯한 병원의 여러 현장을 의료인들과 협업을 통해 재현했다. 코로나19 당시, 의료인들이 치료 도중에 자신이 격리될 경우 과연 얼마나 격리 생활을 해야 할지조차 몰라 너무 불안해한다는 이야기를 들었다. 격리에 들어가야 할 의료인의 가족들은 또한 어떠했겠는가. 상황은 긴박하기만 했다. 의료인들의 희생은 불가피해 보였다. 대처 매뉴얼이 아직 만들어지지 않았던 상황이었다.

전대미문의 상황에서 의료계에서조차 갑론을박이 이어질 정도였으니 일반인들이 느끼는 심정이야 오죽했겠는가. 이럴 때 누군가가 신중하고 차분하게 이야기해 줄 수 있다면 좋겠다고 생각했다. 물에 빠진 생쥐를 가만히 두면 15분 후에 헤엄치려는 의지마저 꺾여 버리지만, 중간에 누군가가 한 번 건져 올려 토닥여 주기만 해도 60시간까지 살아남는다고 하지 않는가.[20] 우리는 어떤 어려움도 이겨 낼 거라고, 괜찮을 거라고, 모두가 당신을 자랑스럽게 생각한다는 감사의 목소리를 의료진들에게 전해 줄 수 있으면 좋겠다고 생각했다. 그것이 당시 의료진들에게 정말 필요한 것이었으니까.

평소라면 배우들은 자신의 목소리를 절대 함부로 내어서는 안 된다. 물론 애드리브라는 것이 있기는 하다. 하지만 굳이 애드리브라고 부르는 이유는, 역설적으로 그만큼 평소에는 아무리 대배우라 하더라도 자기가 하고 싶은 대로 자신의 목소리를 내어서는 안 된다는 뜻이기도 하다. 그러나 코로나19가 처음 닥쳤을 때는 전에 경험해 보지 못한 예사롭지 않은 급박한 상황임을 모두 인지했다. 한석규 배우를 비롯하여 진경, 임원희, 김주헌, 이성경, 안효섭, 소주연, 신동욱, 윤나무 배우 등등 누구 하나 빠짐없이 모두 이런 기운을 느꼈다.

배우들에게는 자신의 이미지가 매우 중요하다. 그렇기 때문에 준비되지 않은 자리라면 서지 않는 것이 불문율이다. 그럼에도 우리는 모두 서둘러 의기투합했다. 화장기 없이, 자신이 늘 입던 옷차림에, 자기 집에서, 혹은 장을 보다가, 우리가 마치 한 사람이라도 되는 듯 목소리를 모아 보았다. 당시 상황은 의료인이라는 이유 하나만으로, 격리가 결정된 병원에, 한번 들어가면 얼마나 갇혀 있어야 할지도 모를 그곳에, 자칫 가족과 생이별을 해야 할지도 모를 그곳에, 누군가는 그 어떤 위협에도 불구하고 자진해서 들어가야만 할 정도로 심각했다.

드라마에서는 우리가 의료진의 목소리를 대신해 시청자들에게 들려주었다. 하지만 이 급박한 상황에서 우리는 거꾸로 시청자들의 목소리를 의료진에게 들려주고 싶었다. 의사, 간호사, 그 밖에도 병원에 있는 숱한 의료진이 전문 의료인이기 전에 한 사람으로서, 그저 똑같은 한 사람으로서 불안과 슬픔과 두려움 같은 감정을 가지고 있다는 점을 우리는 드라마에서 들려주고 보여 주었다. 그렇다면 텔레비전에서 이것을 감상한 시청자들 역시 의료진에게 자신들의 목소리를 들려줄 수 있는 것 아닌가.

그런 기획은 한 번도 시도된 적이 없는 것이었다. 그래도 그 바쁜 동료들에게 급박하게 연락했다. 코로나19가 막 발발하여 그 이름마저 생소했을 당시, 그 누구도 아무것도 정확하게 아는 것이 없다는 점, 그리고 동시에 글로벌하다라는 점이 바로 그 사태의 특징이었다. 한국이나 특정 국가에만 해당되는 것이 아니었다. 그럼에도 어느 특정한 나라에 대하여 책임론이 불거져 나오기도 했고, 신속한 문제 해결에 대한 갈망과 함께 공포에 질려 터져 나오는 비난의 목소리도 걷잡을 수 없이 커져만 가는 상황이었다. 그래서 우리는 글로벌하게 그리고 신속하게 사태에 대한 공감대를 만들 수 있도록 하는 것이 중요하다는 데 의견을 모았다.

전달하는 방식 또한 긴급 논의가 필요했다. 드라마에서는 의료진으로 출연했던 우리가, 우리를 그 누구보다도 의료진처럼 보이도록 노력해 왔던 SBS의 여러 인재들이, 역발상을 해야만 했다. 그 끝이 어디까지일지 아무도 모르는 두려운 여정을 시작해야 하는 현장의 의료진에게 격려와 감사의 목소리를 들려줄 수 있다면 좋겠다고 의견이 모였으며, 마치 영화나 드라마처럼 자막을 넣는다면 글로벌한 영향력을 기대해 볼 수 있을 것 같아 한국어와 영어로 자막 처리를 했다.

지금 생각해 보면 다 지난 일에 불과하겠지만 세상은 정말 아수라장 같기만 했다. 우리는 모르기 때문에 실패하는 것이 아니라 마치 물고기가 물을 볼 수 없는 것처럼 알고 있다는 착각 때문에 오히려 일을 그르친다고 한다.[21] 적막한 공포에 우리는 마침내 돌을 하나 던지기로 했다. "의료진 여러분을 응원합니다."라는 내용으로 비디오 클립을 만들었다. 우리가 목소리를 냈지만 세상은 여전히 고요했다. 공포만이 여전히 우리 주변을 감돌고 있었다. 하지만 이후로 사람들이 차츰차츰 목소리를 내기 시작했다. 힘을 내라고, 세상은 더 나아질 거라고,

드라마 〈낭만닥터 김사부 2〉 배우들이 전하는 응원 메시지
(출처: SBS Catch 유튜브 영상 캡처 화면)

당신이 고립되어서는 안 된다고, 우리 모두 같은 심정이라고, 찾아보
면 틀림없이 문제를 해결할 방법이 있을 거라고…. 많은 사람들이 우
리의 비디오 클립 이후로 그렇게 목소리를 내기 시작했다.

세상과 세상을 잇는 역할,
그것이 텔레비전의 역할이요, 참모습이다.
한국의 텔레비전은 절박할 때
언제나 가장 앞에 섰다.

국가 또는 단체에서 주도했던 우리 사회의 자구 노력은 텔레비전과 함께한 경우가 많았다. 잘 살아 보자는 '새마을 운동', IMF 직후의 '금 모으기 운동', '이산가족 찾기'는 이른바 텔레비전의 단체행동이기도 했다. 〈낭만닥터 김사부〉 팀이 보여 준 것처럼, 앞으로는 개인 또는 작은 단체 역시 텔레비전을 통해 우리 사회를 위하여 목소리를 낼 수 있다. 그것이 텔레비전의 또 다른 선한 영향력으로 발휘될 것이다.

텔레비전에서
만나는
새로운 교육

아버지는 평생을 교육계에 계셨다. 학교에서 가르치는 일을 하고 있는 나는, 수업을 하다가 어려움이 생기면 간혹 아버지께 상담을 요청한다. 학생들에게는 절대 소리 지를 생각하지 마라, 큰소리칠 생각도 말아라, 학생들은 선생님이 진정성을 가지고 말하면 알아듣는다, 작게 말하면 말할수록 귀를 기울이게 되어 있다, 이런 주옥같은 팁은 아버지께서 내게 들려주신 것이다. 언젠가, 이제는 선생님들이 유튜브와 경쟁해야 하는 시대이니 선생님이라면 더 많이 그리고 제대로 알아야 할 뿐만 아니라 재미까지 겸비해야 한다, 학생이 교육 당하고 있다는 느낌이 없어야 한다, 라는 놀라운 식견을 들려주기도 하셨다. 오랜 경험을 통하여 학생들을 잘 이해하고 계시기에 해 줄 수 있는 말씀이다.

아버지는 내가 텔레비전에서 강의하는 것을 즐겨 보셨다. 아버지 어머니께서 이해하시는 몇 마디 중국어는 내가 텔레비전에서 가르쳐 드린 것이다. 그전에는 텔레비전에서 드라마나 예능에 출연하는 아들만 만나 보셨는데, 이제는 강의하는 딸도 간혹 만나실 수 있게 되었다.

많은 교수님들이 시사 프로그램 등에서 당연히 전문가 패널로 등장하지만, 최근에는 다양한 방송 프로그램에서 강연자로 등장한다. 나는 〈벌거벗은 세계사〉라는 프로그램을 즐겨 본다. 이 프로그램에 출연하는 교수님들은 자칫 딱딱하고 어려울 수 있는 역사 이야기를 정말 재미있게 전달해 준다. 〈쌤과 함께〉, 〈명견만리〉 등의 프로그램도 좋아한다. 교수라는 직함만 믿고 텔레비전 여기저기 나와 자기 전공 분야도 아니면서 이야기하는 사람들을 '텔레페서(telefessor)'라고 비꼬기도 하는데, 그와는 차원이 다르다. 요사이 방송에 나오는 교수님들은 자신의 분야에서 정말 열심이신 연구자인 동시에, 이것을 대중에게 쉽고 친절하게 전달하고자 하는 사명감까지 갖고 있는 분들이다. 이런 분들의 이야기를 듣고 있자면, 그전에는 몰라서 질문조차 할 생각을 못했던 주제에 대하여 어떤 문제의식까지 확 떠오를 때가 있다. 그뿐만 아니라 패널들의 재치 있는 질문과 반응이 더해져 얼마나 재미있는지 시간 가는 줄을 모른다.

꼭 교수나 박사가 아니더라도 우리 사회에는 자신의 영역에서 열심히 일하는 분들이 얼마나 많은가. 이분들에게서는 언제나 배울 것이 있다. 우리 텔레비전은 이런 분들을 발굴하고 방송으로 제작하여 내보내는 것을 정말 잘한다. '교육'을 내걸지 않고 진심 어린 교육을 하는 것에도 정말 능하다.

재능이 있는 학생과 그 집 학부모 입장에서는 무슨 수를 써서라도 전문가를 한번 만나 보고 싶겠지만 그것은 예사 일이 아니다. 그런데 막상 전문가를 만난다고 해도 그 전문가가 최고의 교육자라는 보장은 없다. 그런 차원에서 보자면, 〈최강야구〉(2022~, JTBC)는 아무도 그런 말을 하지 않겠지만 최고의 교육 프로그램이다. 전현직 프로야구 선수들이 아마추어 야구단이나 2군 야구팀과 진지하게 경기를 벌이며, 상대에게 부족한 면이 무엇인지를 이들과 직접 부딪히며 바로 눈앞에서 보여 주고 가르쳐 준다.

하지만 여기에 '교육'이라는 단어는 단 한 번도 등장하지 않는다.
그저 재미있게 한 게임 하는 것, 그러나 진지하게 하는 것,
그것이 전부이다.
가르치는 사람은 가르친다는 생각을 갖고 있지 않고
학생은 교육받고 있다는 생각을 전혀 하지 못하니
참으로 교육의 신묘한 경지이다.

그런데 다른 나라도 다 그럴 것이라고 생각한다면 곤란하다. 잘 가르치는 사람을 한국의 텔레비전 곳곳에서 볼 수 있는 이유는, 그런 프로그램을 볼 마음이 있는 시청자들이 많이 있기 때문이다. 그저 껄껄 웃고 넘기는 것 같지만 텔레비전에서 뭐라도 하나 배워 보겠다는 시

청자들의 마음이 없다면 방송국도 굳이 이런 프로그램을 만들 이유가 없다.

텔레비전을 통해서 재미나게, 쏠쏠하게 배우다 보면 예전에 학교에서 배웠던 것보다도 더 낫다고 생각될 때도 있다. 예전에는 책으로만 역사나 철학을 배웠다면 요즘은 다양한 영상 자료까지 동원하여 교수님들의 직강을 들을 수 있다. 그것도 여러 관점을 섭렵해 가며 다각도에서 들을 수 있다. 그리고 무엇보다 재미있게 배울 수 있다. 그뿐만 아니라 다양한 분야의 패널들을 배치해 놓은 덕에, 혼자 공부하는 것이 아니라 다른 사람들과 공감하며 함께 배우고 있다는 느낌까지 든다. 패널들은 마치 학교 수업 시간에 지루할 때쯤이면 추임새를 한 번씩 넣어 주며 수업에 활기를 더하는 친구들 같다. 전문가로부터 편안하고 재미있고 쉽게, 그리고 큰 비용을 별도로 지불하지 않고 배운다니, 이 얼마나 매력적인가!

그런데 지적 호기심을 착착 알아서 해결해 주는 것이 편리하기는 하지만 그것이 능사만은 아니다. 사정이 이러한데 누가 책을 사서 보겠는가. 한국 사회에서 책이 잘 팔리지 않는 이유가 물론 텔레비전 때문만은 아닐 것이다. 다양한 이유가 있겠지만 적어도 텔레비전 탓을 슬그머니 해 볼 수는 있을 것 같다.

닭이 먼저냐 달걀이 먼저냐 하는 논쟁과는 달리 당연히 학교가 먼저이고 텔레비전은 훨씬 뒤이다. 텔레비전은 학교에 대해서 어느 정도 자극을 주는 데 그칠 것이다. 책에 대해서도 마찬가지이다. 텔레비전은 절대 책도, 학교도 대체할 수 없다. 예전에는 학교 선생님이 학생들에게 신적인 존재처럼 보일 수 있었다. 오늘날 텔레비전에서는 작가, PD, 패널 등 많은 사람들이 모여 여러 가지를 체크하고 서로 피드백을 해 가며 프로그램을 제작한다. 게다가 그것이 일회성으로 흘러지는 것이 아니라 고스란히 기록으로 남는다. 그렇기 때문에 윤리적으로도 많은 고민을 한다. 사정이 이렇다 보니 학교에서 배우는 것보다 텔레비전에서 더 많이 배운다는 느낌이 들 수도 있다.

갑자기 방송국이 망하지 않는 한, 텔레비전으로 볼 수 있는 새로운 형태의 교육(이것도 '교육'이라 부를 수 있다면 말이다)은 질적 측면에서 점점 나아질 것이다. 지금의 구도는 학교와 텔레비전이 교육을 놓고 경쟁이라도 할 것 같은 태세이다. 하지만 둘은 본질적으로 다르다. 텔레비전은 학교의 모습을 빌릴 뿐 학교가 되려 하지 않으며, 학교 그 자체가 결코 될 수도 없다. 반면에 학교는 텔레비전을 조력자로 만들 수 있다. 텔레비전을 새로이 발견하고, 활용하고, 필요에 따라 요구를 하면서 말이다.

누가
텔레비전에
나와야 하나

사람들은 나에게 종종 묻곤 한다. 얼마나 예뻐야, 얼마나 잘생겨야, 그리고 얼마나 연기를 잘해야 텔레비전에 나올 수 있느냐고. 잘생기고 예쁘면 텔레비전에 나올 수 있을 거라고 많은 사람들이 생각하겠지만, 이 질문에 대한 답은 아마도 배우 최진실이 해 줄 수 있을 것이다. 내가 텔레비전에 대한 이야기를 하면서 가장 기억나는 사람 중 한 사람이기도 하다.

지금은 고인이 된 최진실은 총 네 편의 드라마에 나와 함께 출연했고, 그 당시 우리 둘의 소속사가 협력 관계에 있어 그야말로 흉허물 없이 지내는 사이였다. 송지나 작가가 쓴 로드드라마 〈서울 시나위〉(1989~1990, MBC)에 '희수'라는 역할로 특별 출연을 한 적이 있다. 이후에도 드라마 〈째즈〉(1995, SBS), 〈아파트〉(1995~1996, MBC), 〈두 권의 일기〉(1990, MBC), 그리고 여러 편의 뮤직비디오와 쇼 프로그램에 함께 출연했던 우리는 오랫동안 서로 잘 알고 지냈던 동료였다. 그러다 마치 꿈을 꾸는 것처럼 듣게 된 최진실의 안타까운 사연 앞에서 나는 그저 할 말을 잃을 수밖에 없었다. 오랫동안 함구하고 있었으나 지금 이 기회를 통해 꼭 밝히고 싶은, 내 가슴속에 묻어 둔 이야기가 하나 있다.

드라마 〈아파트〉 촬영 첫 모임에서, 최진실이 놀랍게도 휠체어를 타고 나타났다. 1995년 당시 드라마 〈째즈〉 촬영 중에 영동 고속도로에서 최진실은 교통사고를 당했다. 그러나 쉴 틈도 없이 바로 이어 〈아파트〉 촬영이 있었다. 제발 몸 생각해서 좀 쉬라는 말을 최진실은 끝내 듣지 않았다. 작품에 대한 약속을 지켜야 한다며, 결국 처음부터 끝까지 촬영팀과 같이했다. 마치 아무 데도 아프지 않은 사람처럼. 지금과는 달리 그 당시에는 연기자의 안전에 대한 개념이 매우 약했다. 최진실이 촬영 초반부터 휠체어 신세이다 보니, 원래 극본과는 달리 드라마 초반에 최진실의 몸이 잠시 아픈 것으로 대본이 수정되는 정도였다.

〈아파트〉는 주말 드라마로 서민들의 일상생활을 다루고 있어 대사 분량이 유독 많았다. 당시 '차나리' 역을 맡았던 최진실에게도 예외는 없었다. 어느 날, 남자 친구와 다투는 장면에서 엄청난 분량의 대사가 주어진 적이 있었다. 대본 리딩 때 보기에도 어마어마하다 싶은 분량이었는데 무엇보다 휠체어 신세인지라 걱정이 되었다. 그런데 막상 촬영을 시작하니 단 한 번의 NG도 없이 그 많은 대본 분량을 정확하게, 아니 완벽하게 연기를 해내는 것이었다.

촬영을 마치고

"너 그 아픈 몸으로 이 많은 대사를 어떻게 다 외웠어?"라고 물었더니
"오빠, 나 공부 잘 못하는 거 알지? 나 그냥 천 번을 읽었어."라고 했던
그 모습이 지금도 눈에 선하다.

　같은 방송인이 볼 때도 정말 연기를 잘하는 사람들이 있다. 그리고
그중에서도 방송국에서 생명력이 긴 사람들이 있다. 이 사람들은 어
떻게 그렇게 오래도록 연기를 잘할까. 사람들은 그저 단순히 타고난
다고 생각한다. 원래 예쁘니까, 원래 잘생겼으니까, 원래 연기를 잘하
니까…. 하지만 이 세계에서 수십 년을 보낸 내 생각은 다르다. 가장
중요한 덕목은 바로 동기와 노력이다. 반드시 해내야겠다는 굳은 의
지 없이는 절대 오래 사랑받을 수 없다. 자신에게 내적 동기가 확고
하게 서 있으면, 한국말뿐만 아니라 심지어 전혀 몰랐던 외국어까지
도 할 수 있게 된다. 거기에는 남들이 알지 못하는 피나는 노력이 뒤
따르는 법인데, 다만 다른 사람들의 눈에는 보이지 않아서 알지 못할
뿐이다.

　이미 오랜 시간이 지났지만 지금도 최진실의 그 답변이 잊히지 않
는 이유는, 텔레비전에서 오래 사랑받는 이들의 비결을 묻는 사람들
이 많이 있기 때문이다. 내 대답은 이렇다. 그 사람들은 잘생기고 멋지
고 예쁘기 때문이 아니라 꾸준히 묵묵히 그저 제 할 일을 다 하는 사람
들이기 때문이다.

누군가는 새벽에 거리를 깨끗하게 청소해 주고, 누군가는 일 년 내내 곡식을 바라보며 농사를 짓는다. 우리 모두는 다른 누군가의 부단한 수고 덕택에 편안하게 살아갈 수 있다. 배우도 마찬가지이다. 자신의 일이라 생각하고 묵묵하게 그것을 해내려 하는 사람이 좋은 배우이다. 바로 그런 사람들, 그리고 이들의 진가를 알아본 시청자들이야말로 우리 텔레비전을 가장 특별하게 만드는 주체들이 아닐까.

언론
고시

나는 한때 방송국 PD가 되기 위해 도전한 적이 있다. 오빠의 권유가
어느 정도 작용하기는 했다. 공부를 잘해야 한다는 것은 PD의 기본
이다. 나는 공부는 좀 자신이 있었다. 지금도 PD들에 대해 대단한 존
경심을 갖고 있는 오빠로서는, 동생이 그 직업을 가졌으면 싶었나 보
다. 나는 결국 학자의 길을 선택했지만 한때 한 방송국에서 근무할 뻔
도 했다. 1980년대 초만 하더라도 대학 졸업자들이 방송국에 취업하
는 것이 지금처럼 어려운 일은 아니었다고 들었다. 그랬던 것이 1990
년대가 되면 언론사와 방송사가 젊은이들이 가장 선호하는 일자리로
자리 잡게 된다. 경쟁이 얼마나 치열했는지를 잘 알기 때문에 오빠는
과거의 내 선택이 아깝다고 한 적도 있다. 언론사는 오랫동안 가장 진
입하기 어려운 분야 중 하나였다. 좋은 대학 출신이 유독 많고, 경쟁이
치열했던 상황을 두고 사람들은 언론사와 방송국 입사 시험에 '언론

고시'라는 표현을 비유적으로 쓰기도 했다.

몇 마디 툭툭 던지는 예능을 만들려고 '언론 고시'까지 통과해야 하나, 라고 말하는 사람도 봤지만 그것은 큰 오해이다. 그 몇 마디를 만들기 위해서 대단한 내공이 필요하며, 명석한 두뇌의 소유자가 아니고는 좋은 프로그램으로 만들어 내기 어렵다. 그토록 머리가 좋은 사람들이 만들어 온 한국의 텔레비전이 지금까지는 당연히 공짜로 보는 것이었다. 그러다 보니 그 속에서 자유롭게 배어 나오는 '프리(free)함'—free에는 '자유'와 '공짜'라는 뜻이 모두 있으니까— 같은 것이 있었다. 한국의 텔레비전을 만들어 온 그 어마어마한 수재들이 단 한 번도 나 공부 잘했소, 라고 자랑한 적이 없었기에 시청자들은 그것을 느끼지 못했다.

방송가에는 'TV는 머리에서 나온다'라는 이야기가 있다고 한다. 좋은 프로그램을 만들려면 머리가 좋아야 한다는 뜻이다. 현재 이 인재들에게는 또 다른 세상이 열리고 있다. 이제 자기 자신을 브랜드로 만들거나 아니면 훨씬 더 높은 연봉을 받으며 OTT로 옮겨 가는 현상이 가속화되었다. 시청자 입장에서는 질 높은 프로그램을 공짜로 만날 수 있는 기회가 점점 사라지고 있다.

지금은 기계로 할 수 있는 일이 너무 많아졌고 장비의 발전은 눈부시다. 특히 카메라의 무게와 기능 변화가 방송가에서는 혁명에 가까운 일이었다. 예전 ENG 카메라는 테이프를 넣어야 한다는 아날로그적 형태에 그 무게와 부피도 대단했지만 무엇보다 소음이 엄청나게

컸다. 지금은 솔직히 마음만 먹으면 스마트폰으로도 아쉬우나마 카메라 기능을 어느 정도까지 대체할 수 있다. 그러다 보니 이제는 중계차라는 것도 의미가 퇴색되었다. MNG(Mobile News Gathering)같이 이동통신망을 이용하면 중계차가 나가지 않고도 생중계가 가능하다. 예전에는 중계차가 나가야 했던 환경에서 이제는 가방 하나만 매고 가면 되는 환경으로 바뀐 것이다. 이것이 중계차 시스템에 비해 완전히 뛰어나다고 할 수는 없다. 생방송 도중 화면이 갑자기 깨진 듯한 느낌을 줄 수도 있기 때문이다. 또한 중계차는 이전에 비해 그 역할이 꽤 줄었지만, 정밀한 것을 촬영하기 위해서는 오히려 더 복잡한 장비가 필요해졌다. 2024 파리 올림픽에서 양궁의 김우진 선수가 차점자와 겨우 4.9밀리미터 차이로 이겼는데, 그와 같이 정밀한 관찰이 필요한 경우라든가 동식물 다큐멘터리 등을 제대로 촬영하기 위해서 새로운 장비가 계속 개발 중에 있다.

전체적인 관점에서 보자면 장비 면에서는 점점 무게가 가벼워지고 조작이 수월해지고 또 비용이 저렴해지고 있다. 장비가 가벼워지면서 방송국 내 성비 변화에도 기여하고 있다는 생각이 든다. 방송 영역 전체를 통틀어 여성 비율이 가장 낮다는 촬영 감독 부문에서도 이제 여성들의 활약이 기대되고 있다.[22] 그런데 이것만 변화한 것이 아니다. 2016년의 보도에 따르면 당시만 하더라도 한국 방송기자의 남녀 비율은 8 대 2 수준이었다. 그전에도 이런 의심이 있기는 했으나, 남녀 성비 면에서 언론계가 다른 업종에 비해 생각보다 더 심한 불균형 상태라는 점에 많은 사람들이 우려를 표명하기도 했다. 방송기자연합회는 당시 회원사 4곳(KBS, MBC, SBS, YTN. 지역 회원사 제외)을 대상으로 전수 조사를 진행한 뒤 이러한 결과를 연합회지인《방송기자》3·4월호에 싣기도 했다.[23] 그런데 이 불균형 현상이 2023년이 되면서 확 깨진다. 한국의 주요 방송사인 KBS, MBC, SBS 3사의 메인 뉴스를 모두 여성 앵커들이 진행하게 된 것이다. 여성 앵커가 남성 앵커와 공동 진행을 맡은 지 40년 만이라고 한다. 그동안 유명 여성 앵커들도 있었고 이들의 활약이 대단했지만, 그럼에도 지상파 3사의 메인 뉴스에서, 그것도 단독으로 메인 앵커를 여성이 맡게 되었다는 사실은 한국의 텔레비전에서는 일찍이 나타난 적이 없는 현상이라고 한다.[24] 뉴스 메인 앵커가 여성 중심으로 급격하게 바뀌어 가는 것은 시청자가 변화했다는 뜻이다. 여성 촬영 감독이 늘고 있다는 것은 장비와 같은 기술이 발전했다는 뜻이다.

만약 텔레비전에도 브레인이 있다면, 언론 고시와 같은 어려운 관문을 뚫고 들어간 사람들이 바로 그 브레인의 핵심에 있다. 지금부터의 방송은 머리에서 나오는 것은 물론이요, 기계와의 경쟁에서도 나름의 비전을 갖고 있어야 한다. 세상에는 그 어렵다는 고시를 통과했다고 하지만 막상 이야기를 나눠 보면 말이 잘 통하지 않는 사람들도 간혹 볼 수 있다. 마치 기계를 마주하고 있는 듯 감성이라고는 찾아보기 어려운 경우 말이다.

방송에서 이제 기계는 사람이 일일이 손으로 작업하던 것보다도 훨씬 빠르게 많은 부분을 처리하게 되었다. 그럼에도 그 결과물을 보고 있노라면 가슴이 답답해 올 때가 많다. 똑똑하기는 한데 거기에 커다란 구멍이 있기 때문이다.

인간이 갖는 무한하고 복잡한
감성의 세계라는 것이 분명 존재한다.
이성적으로 설명하기 어려울 수 있지만
사람들이 직관적으로 느끼는 어떤 것이 분명 있다.
이런 부분은 거창한 것이 아니다.
우리 주변에서 흔히 볼 수 있는 모습이며
사람들은 언제나 그것을 원한다. 때로 하찮아 보일 수도 있으나
이것을 잡아내어 프로그램으로 만들 수 있는 능력,
이제는 높은 시험 점수가 아니라
인간적인 능력이 요구되는 때이다.

지금은 세상의 기준이 크게 바뀌고 있는 시기이다. 날 것 그대로의 SNS 때문에 사람들에게는 언론이나 방송이 현실을 오히려 더디게 보여 줄 뿐만 아니라 심지어 제대로 보여 주지 못하는 것으로 인식될 때가 많다. 상황이 이렇다 보니 사람들의 마음속에는 하나의 기준이 아니라 자신만의 기준이 제각각 다양하게 자리하기 쉽다. 사회적으로 의견이 충돌할 때 우리는 무엇을 따라야 할 것이며, 누구를 본받고 누

구를 용서하며 누구를 벌줘야 할 것인가. 그렇다면 이제 달라진 세상에서는 기준이라는 것이 존재할 수 있을까? 우리는 기준을 세워야 할까? 만약 세워야 한다면 어떤 기준을 세워야 할까? 이 기준에 대한 답은 시시각각 변화해 갈 것이다. 하지만 분명한 점은 바로 우리가 지금 그 새로운 기준을 함께 만들어 가고 있다는 사실이다.

아무리 AI가 대단하다고 해도 기계에게 우리 자신을 온전히 맡길 수 없다. 이제 우리는 어디로 가야 하는가. 아무도 정확한 답을 해 줄 수 없다. 그렇지만 적어도 우리 자신이 새로운 기준을 세우는 주인공이 되어야 하지 않겠는가. 건강한 논의의 장이 우리에게 필요하다. 적어도 텔레비전 앞에서는, 능동적인 시청자로서 말이다.

서울대학교가
텔레비전에서
제2의 개교를

나는 워낙에 수더분한 외모의 소유자여서 텔레비전과는 전혀 어울리지도 않고, 또 워낙에 꾸미는 것에 관심이 없다 보니 텔레비전에서 받아 줄 리도 만무하다. 그러던 내가 어쩌다 보니 텔레비전에 서는 사람이 되었다.

강사로서 여러 대학에서 학생을 가르친 적은 있었다. 그런데 한국방송통신대학교(이하 방송대)는 일반적인 대학과는 달랐다. 기본적으로 방송과 통신으로 교육을 전달하는 곳이어서 다른 대학과는 체계 자체가 아주 다르다. 우선, 이른바 '텔레비전 테스트'라는 것을 통과해야만 교수로서 임용된다. 세상에… 내가 텔레비전에서 그것도 테스트를? 입 밖으로 말은 하지 않았지만 내 속에서는 갑자기 물이 끓어 넘치고 머릿속은 하얗게 변하는 그런 경험을, 카메라와 딱 눈이 마주치는 순간에 하게 되었다. 속으로 끙끙 앓다가 결국 오빠에게 물어보았디. 친성이 사상한 오빠는 손 처리가 중요하다며 그것을 어떻게 해야 하는지를 상세하게 설명해 줬다. 그 학교가 얼마나 좋은 학교인지, 방송국 사람들로부터 전해 들은 이야기를 전화로 전해 주면서 꼭 임용이 되면 좋겠다며 응원과 위로를 아끼지 않았던 기억도 있다. 방송대는 지금은 OUN이라는 자체 방송국이 있지만 초창기에는 KBS에서, 이후에는 EBS에서 강의를 제작했기 때문에 이들 방송국에 근무하는 분들 중에서도 방송대에 대해 잘 알고 있는 분들이 있었던 것이다.

오빠의 지도 덕이었는지 나는 방송대에 임용이 되었다. 그뿐만 아니라 시간이 흘러감에 따라 방송대 내에서도 강의를 잘하는, 즉 카메라 앞에서 교육을 잘하는 사람으로 인정을 받게 되었다. 방송대에서는 해마다 300개 이상의 콘텐츠가 만들어지고, 이들 콘텐츠 중에서 연말에 심사를 통하여 상을 수여한다. 평생에 한 번 최고상을 받기도 어렵다. 통계적으로만 생각해 봐도 그렇지 않겠는가. 그런데 정말 감사하게도 심각한 텔레비전 울렁증이 있는 내가 그 상을 무려 두 번이나 거머쥐는 영광을 누렸다. 그때 많은 분들은 오빠가 있으니 집안의 피가 어디 가겠어요, 라는 반응을 보였다. 하지만 나와 오빠를 직접 만나 본 적이 있는 분이라면 이토록 서로 다른 오누이리니, 라며 아마 놀랐을 것이다. 오빠는 오빠고, 나는 나다.

우선 외모만 봐도 오빠는 외탁을, 나는 친탁을 하는 바람에 우리는 딱 보기에도 닮은 점이 너무나도 적다. 그런데 이처럼 잘난 오빠와는 상당히 거리가 있는 외모를 가진 내가 발견한 매우 중요한 점이 하나 있다. 텔레비전에 나간다는 것은 피가 중요하지 않다는 점이다. 만약 피가 정말 중요하다면, 내가 대학생 때 오빠를 따라 그토록 방송국을 자주 들락날락할 당시에 이미 뭔가 결정이 되지 않았겠는가(심지어 나는 〈연애의 기초〉라는 MBC 드라마에 잠시 엑스트라로 출연한 적도 있다. 그것도 김희애 씨 상대역으로…). 그러나 그때는 우리 중 그 누구도, 특히 나 자신이 텔레비전 출연이라는 것을 꿈에서도 생각해 보지 않았다.

텔레비전에 나가는 사람은 만들어질 뿐이다. 물론 타고나는 사람도 있겠지만 그것만으로는 부족하다. 무엇보다 시청자로서의 시각이 있어야 한다. 내가 내 마음대로 하는 것이 아니라, 어떻게 보이고 받아들여질 것인지를 부단히 궁구하고 노력해야 한다. 이런 과정을 나는 오빠를 통하여 어느 정도 이해하게 되었고, 그 덕분에 잘 활용할 수 있었을 뿐이다.

텔레비전, 이것은 이제 새로운 문화가 될 것이다. 여기에는 정말 더 많은 사람들이 필요하다. 그것도 좋은 사람들이 필요하다. 30년 전의 나처럼, 텔레비전과 나는 아무런 상관도 없을 것이라고 생각하는, 그래, 바로 당신! 이제 당신이 필요하다, 새로운 시대의 텔레비전에는.

방송대는 대학로에 위치하고 있다. 아, 방송대가 있어서 이곳을 대학로라고 부르나 봐요, 라고 하시는 분들이 있다. 지금은 맞는 이야기이지만 원래는 이곳이 서울대학교가 있었던 자리이다. 정확하게 말하자면 서울대학교 문리대가 있었다. 서울대학교는 학보도 서울대학 신문, 이런 식의 이름이 아니라 '대학신문'이라 부른다. 마찬가지로 당시

이 학교가 위치하고 있었던 거리를 '대학로'라 불렀다. 서울대학교 의대와 병원이 아직 대학로에 남아 있는 것 또한 바로 이런 이유 때문이다. 서울대학교는 지금도 입학하기 쉽지 않은 곳이지만, 관악으로 이전하기 전인 1970년대 초반에는 더욱 들어가기 어려웠다. 지금은 대한민국 수험생 전체의 숫자보다 대학에서 수용할 수 있는 인원이 더 많지만, 당시에는 대학 진학 자체가 쉽지 않아 1970년대 초반 한국의 대학 진학률은 전문대를 포함하더라도 27퍼센트 정도에 지나지 않았다. 지금은 대학에 진학하지 않는 학생이 오히려 적어진 터라 이런 상황이 쉽게 짐작 가지 않을 것이다.

한국인들은 교육에 특화된 민족이라 해도 과언이 아닐 것이다. 2000년만 하더라도 고등교육 이수율, 즉 대학을 졸업한 한국인은 약 23.8퍼센트였다. 그랬던 것이 2022년에는 두 배를 훌쩍 뛰어넘어 52.8퍼센트까지 올랐다. 고등교육 이수율이 단기간에 이렇게까지 오른 경우는 세계 역사상 전례가 없다. 거기에 바로 이 방송대가 기여했다. 방송대의 영문 명칭은 'KNOU(Korea National Open University)'이다. 전 세계에 걸쳐 이 'OU', 즉 'Open University'라는 이름의 개방대학이 있는 나라들이 적지 않다. 그중 최초의 'OU'는 영국에 있다. 한국은 놀랍게도 세계에서 두 번째로 'OU'를 세웠다. 그것이 바로 방송대로, 이 학교는 애초에 서울대학교 부설로 세워졌다. 그러다 보니 자연스럽게 지금 서울대학교 문리대 자리를 차지하게 된 것이다.

방송대는 라디오를 통한 교육에서 시작하여 텔레비전, 개인용 컴퓨터, 스마트폰이라는 순서를 차례로 밟으며 발전해 왔다. 또한 텔레비전으로 송출을 해야 하기 때문에 학교 내에 자체 방송국을 두고 있기도 하다. 물론 시작은 라디오였지만 방송대의 상징 속에는 역시 텔레비전이 자리하고 있다. 텔레비전으로 고등교육인 대학 과정을 이수한다, 라는 발상이 참으로 획기적이지 않은가. 더군다나 먹고살기에도 빠듯했던 1970년대 초반에 서울대학교를 전 국민에게 열어서 교육할 생각을 했다는 것은 지금 생각해 봐도 참으로 대단한 일이다.

이처럼 교육까지 담당하고 있으니 텔레비전의 영역은 생각보다 정말 넓다. 눈에 보이는 것보다 훨씬 깊이도 있다. 대한민국에서 대학교를 텔레비전에서 보여 줄 생각을 한 지 벌써 50여 년이다. 영국보다 겨우 1년 늦게 시작했다. 영국에서 산업혁명이 일어났을 때, 당시 한반도의 사람들은 이런 사실을 전혀 인지하지 못한 채 살지 않았던가. 그러나 지금 텔레비전의 역사를 다시 생각해 보면, 이제는 그만큼의 격차가 느껴지지 않는다. 한국은 텔레비전을 만드는 기술 면에서도, 방영하는 콘텐츠 면에서도 이제는 결코 영국에 뒤지지 않는다. 오히려 많은 영국 사람들은 텔레비전 분야에서 영국이 더 이상 한국을 못 따라 간다고 생각할지도 모른다. 지금의 어린 세대는 영국 사람들이 부러워하는 시대에 태어나 살고 있다.

세계 최고 강의를
한자리에
몽땅

조지프 나이, 리처드 도킨스, 댄 애리얼리, 스티븐 핑커, 유발 하라리, 마이클 샌델, 폴 크루그만, 슬라보예 지젝, 제레드 다이아몬드의 강의를 모두 텔레비전에서 볼 수 있다고? 책으로만 보던 사람들을? 세상이 발칵 뒤집힐 일이 EBS에서 벌어졌다.

EBS는 코로나19로 한창 고통받던 2021년부터 〈위대한 수업, 그레이트 마인즈〉를 선보였다. 처음에는 설마설마했는데 정말 이 사람들의 강의를 들을 수 있었다. 몇 날 며칠 동안 무거운 책을 붙들고 있어도 제대로 잡히지 않았던 석학들의 이론과 이야기를 집에서 편안하게 들을 수 있도록 배려한, 이토록 '따뜻하고 다정한 세계적' 강의라니! 해가 지나면서 시즌도 거듭하고 있으며, 점점 더 다양하고 예사롭지 않은 분야의 세계적 석학과 전문가들이 나와 이야기를 들려주고 있다. 첫 시즌에서는 대학에서 수업을 하는 석학들이 출연했으나 차츰

EBS 〈위대한 수업, 그레이트 마인즈〉 프로그램 홈페이지

활동가, 예술가, 요리사로까지 그 지평을 넓히고 있다.

　미국에서는 일찍이 TED 강연이 무료로 진행되어, 세계적인 석학들
뿐만 아니라 다양한 이들이 청중 앞에서 자신의 이야기를 선보인 바
있다. 청중 앞에서 강연을 한다는 의미에서는 한국의 〈세바시(세상을 바
꾸는 시간 15분)〉(2011~, CBS)가 이 포맷과 매우 유사하다. TED는 진작 여
러 분야의 사람들을 초청하여, 청중석에서 터져 나오는 웃음이나 한
숨이 고스란히 강연자에게 전달될 정도로 청중과의 교감을 중시했다.
이에 비해 〈위대한 수업, 그레이트 마인즈〉는 이름 그대로 수업 형식
으로 전달해 준다.

　내가 유학하던 시절, 당시 세계적 석학이었던 자크 데리다와 피에

르 부르디외가 내가 다녔던 학교에 계셨다. 하루는 그 유명하다는 데리다 선생의 강연을 청강했는데, 정말이지 이해하기가 너무 어려워 '좌절'이라는 단어만 계속 머릿속에 맴돌았다. 그 멀고 먼 곳으로 유학을 갔는데 정작 선생을 코앞에서 뵙고서도 제대로 이해할 수 없다니…. 한번 강의가 지나가고 나면, 앞에서 뭐라고 하셨는지 좀처럼 생각이 쉽게 떠오르지 않았다. 그런데 지금 세계적인 석학들이 일반인들의 눈높이에 맞춰 쉽게 알려 주는 이야기를 텔레비전에서 이렇게 편하게 들을 수 있다니! 앞에서 뭐라고 했는지 잘 기억나지 않는다면 동영상을 앞으로 돌려 얼마든지 확인이 가능하다. 이건 정말이지 대단한 일이 아닐 수 없다. 굳이 힘들게 찾아가지 않아도 되고 이해하기에도 정말 쉽다. 동시에 이야기의 밀도 또한 높아서 이들의 책을 다 읽지 않아도 어렴풋이 짐작할 수 있을 정도이다. 방송을 한번 보고 나면, 이들의 책을 읽을 때 훨씬 이해도가 높아진다.

노벨상 수상자들까지 안방에 한번에 모신 이 대단한 프로그램의 기획자인 허성호 책임 PD 겸 제작자의 역량은 정말이지 놀랍다. 국내 학계에 있는 많은 분들이 최선을 다하여 이 프로그램의 제작을 돕고 있는 것으로도 유명하다. 이런 프로그램을 만드는 일은, 마음먹고 인지도 높은 석학들을 모셔서 그냥 수업을 부탁드리면 되는, 그런 간단한 일이 아니다. 그렇게 해서는 절대로 텔레비전에서 수업을 전달할 수 없다. 우선, 사전에 철저하게 이들의 수업 내용에 대하여 공부가 되어 있어야 한다. 어디 그뿐인가. 이들이 낸 책을 보면 주제도, 분량도 제각각이다. 그런데 텔레비전에는 정해진 시간이라는 것이 있다. 이 정해진 시간 내에 일반인의 눈높이에 맞추려면 어떤 부분은 하이라이트 처리를, 다른 부분은 주석 작업을 해야 한다. 또 어떤 부분은 과감히 생략하기도 해야 한다. 텔레비전에서의 수업 제작이란 일반적인 수업과는 아주 다르다.

만약 어떤 굉장한 부자가 이 석학들을 한자리에 모아서 수업을 부탁드렸다 한들 이 〈위대한 수업, 그레이트 마인즈〉가 만들어질 수 있을까. 아닐 것이다. 이 프로그램에 참여한 이들은 한국에 EBS와 같은 공영방송이 있다는 사실을 알고 나서 흔쾌히 응해 주었다고 한다. 더욱이 그들은 하나같이 EBS의 초청에 대해 '불러 줘서 고맙다'는 인사를 건넸다고 한다. 그들의 명성이 단지 학문적 성취뿐만이 아님을 짐작하게 한다.

이 프로그램은 EBS라는 공영 방송이 교육부와 국가평생교육진흥원이 주관하는 한국형 온라인 공개 강좌(K-MOOC) 운영 사업의 지원을 받아 제작한 것으로, 우리 사회의 교육·지식 격차를 줄이기 위해 시작한 것이다. 1972년 그 어려웠던 시절에도 텔레비전에 대학 교육을 얹는 시도를 했던 한국인의 역량이, 코로나19라는 어려움 속에서 또 한 번 그 진가를 발휘한 사례가 아닐까.

3부

텔레비전에 네가 나왔으면
정말 좋겠네

집 나가면
개고생

드라마 〈아내의 유혹〉(2008~2009, SBS)의 대사 중 공전의 히트를 친 것이 있다. "집 나가면 개고생" 지금은 이 말이 두루 쓰이지만 당시만 해도 획기적인 표현이었다.

흔히 미래는 아무도 알 수 없다고 한다. 한마디로 불확실하다. 하지만 사람들은 이런 불확실성에도 불구하고 '말이 되는', 다시 말하자면 '센스메이킹(sensemaking)'이라는 개념을 필요로 한다. 우리가 다 알고 있다고 생각하는 것은 그야말로 뻔한 것들이다. 그렇지만 뻔한 이야기를 계속 한다면, 사람들은 아무도 그 말을 하는 사람에게 주목하지 않을 것이다. 그것은 고인 물과도 같다. 세상은 우리가 예상하지 못한 방향으로 곧잘 흘러간다. 돈이 많으면 평생 잘살 것 같지만 그렇지 못하다. 힘이 센 사람이 약한 사람을 늘 이길 것 같지만 그렇지도 않다. 텔레비전은 뻔한 이야기를 싫어한다. 뻔한 이야기로는 시청자들에게

드라마 〈아내의 유혹〉 프로그램 홈페이지

'센스메이킹'할 수 없기 때문이다.

〈아내의 유혹〉은 저녁 시간대에 방영되었던 일일 드라마였다. 빠른 전개와 자극적인 소재로, 당시만 해도 상상도 못할 '막장 드라마'라는 영역을 새로이 선보였다. 욕하면서 본다, 라는 표현도 이때부터 본격적으로 등장했다. 방영 당시 평균 약 40퍼센트에 달하는 시청률을 보였다. 해외에서의 반응 역시 뜨거웠다. 몽골에서는 80퍼센트를 넘는 시청률을 보여 줬다. 중국에서는 이 드라마를 수입하는 데만 만족할 수 없었던지 아예 중국 내에서 새로 제작했다. 배우 추자현 씨는, 중국에서 이 드라마를 리메이크한 〈귀가의 유혹(회가적유혹, 回家的诱惑)〉이라는 상당히 가정적이고 다소곳해진 제목의 드라마에서 주인공을 맡으면서 중국 대륙 전체에 이름을 알렸고 이후 중국에서 큰 사랑을 받았다.

이 드라마에서 파생한 광고 카피가 바로 "집 나가면 개고생"이다. 집 밖에 굳이 나갈 것 없이 자사의 서비스를 통해 집 안에서 편안하게 드라마와 영화를 즐기라는 KT의 메시지를 전달하기 위해 사용한 문구였다. 이 광고는 당시에도 상당히 성공했다. 그런데 해당 이미지는 요사이 중학생들의 경제 교과에서도 경제관념을 키우자는 취지로 활용되는 등 교육용 자료로 여전히 활발하게 사용되고 있다.

오늘날 학교의 교과에서 이 장면을 보는 중학생들은 이 드라마 방영 당시에는 너무 어렸거나 태어나지도 않았을 것이다. 그러니 드라마 〈아내의 유혹〉은 당연히 본 적이 없다. 그런데 이들이 이 드라마를 안다. 유튜브라든가 다른 매체를 통해서 본 적이 있다는 것이다! 이것은 참 재미있으면서도 무서운 현상이다.

텔레비전이 가진 역할 중에서 '소비'라는 측면이 워낙 강조되다 보니 '기록'이라는 역할은 그간 너무 과소평가되어 왔다.

텔레비전은 사라지지 않는다. 흔적을 남긴다.
이제는 세대에 따라서
누구는 봤고 누구는 못 봤다, 라는 말이 통하지 않는다.
텔레비전에서 방영해 주지 않으면 못 본다, 라는 핑계는
더 이상 통하지 않는다.
이미 오래전에 방영되었던 드라마를, 다큐멘터리를,
보도 프로그램을 어린 친구들이 찾아서 보는 시대가 되었다.

그렇기 때문에 이 "집 나가면 개고생"이라는 광고 이미지를 경제 교과에서 활용했을 때도 어린 친구들에게 친숙하게 다가갈 수 있었다. 이것은 텔레비전의 '센스메이킹' 작용과 관련이 있다. 앞으로는 많은 교과서나 교육 프로그램에서, 텔레비전에서 사용되었던 이미지나 영상을 광범위하게 활용하게 될 것이다. 우리말로 된 좋은 콘텐츠가 많이 축적되어 있다는 것은 좋은 데이터베이스가 많다는 말과도 같다.

분명 한 세대 전에 제작한 프로그램이지만 어린 친구들이나 젊은이들 사이에서도 여전히 '말이 되는' 현상을 보면, 요즘처럼 불명확하고 불확실한 시대에 텔레비전이 맡은 역할이 과연 무엇일지 다시 생각해 보게 된다.

내친김에 다시 한번 더 말해 보자면, 무턱대고 집 나가면 개고생이다. 차라리 집에서 텔레비전으로 즐기자.

막장의
재발견

앞서 언급한 것처럼 〈아내의 유혹〉이라는 드라마가 나오고 '막장'이라는 표현이 크게 유행했다. 나는 이 드라마 이전에는 늘 번듯한 역할의 주연만을 맡아 왔다. 그러다 처음으로 변변치 못한, 시쳇말로 '찌질한' 인물을 맡게 되었다. 배우 입장에서는 악역을 제대로 해낼 수 있어야 제대로 된 배우가 되었다고 할 수 있다.

내가 맡은 정교빈이라는 역할은, 겉으로 봐서는 아무 문제가 없는 그냥 철부지에 돈 많은 집 도련님 정도이기 때문에 사실 악역이라 할 것도 없어 보인다. 하지만 그것이 문제이다. 전혀 악해 보이지 않고 심지어 나약해 보이기조차 하는 사람, 하지만 결국에는 사람 잡는 인물 …. 우리 주변에도 이런 사람이 있을 수 있다. 딱 보기만 해도 직관적으로 악역처럼 보이는 사람도 있지만, 현실에서는 그냥 좀 아는 정도의 사람이었는데 나중에 된통 당했다는 경우가 많다. 악역에도 종류가 많고도 많다.

막장 드라마에는 보는 사람으로 하여금 도무지 다음 회를 보지 않고서는 견딜 수 없게 하는 무엇인가가 있다. 막장이라고는 하지만 극 중 인물들의 면면은 오히려 너무 현실적이기 때문이다. 우리는 현실에서도 악역을 만난다. 못된 인간을 단단히 혼쭐내 주고 싶지만 차마 어찌하지 못하는 일이 허다하다. 하늘이라도 그 인간을 어떻게든 손을 좀 봐 주면 좋겠는데 싶을 때가 있다. 드라마가 그걸 대신 하고 있는 셈이다. 그래서 막장 드라마는 악역에 더욱 신경을 쓰고, 나쁘고 못된 인간들은 결국에 벌을 받는다. 이들이 어떤 벌을 받느냐에 따라서 드라마 시청률도 큰 영향을 받을 정도이다.

사실감이 충만하다 보니 드라마를 보다가 발분하는 시청자들이 많다. 그래서 욕을 해 가며 막장 드라마를 보다 보면, '저 정도는 나도 쓰겠다'와 '내가 쓰면 더 잘 쓰겠다' 사이를 자연스럽게 오가게 된다. 사람들은 흔히 현실 세계의 놀라운 사건 앞에서 '드라마보다 더 드라마 같다'라는 표현을 쓰기도 한다. 극적 장치가 있기는 하지만, 드라마가 그만큼 사실감을 살리고 자연스럽게 극을 전개시키기 위해 노력한 결과이기도 하다.

그토록 사실적으로 처리하기 위하여 작가와 연출가들이 얼마나 고심을 했겠는가. tvN의 〈신서유기〉, 〈놀라운 토요일〉이나 JTBC의 〈아는 형님〉 등과 같은 예능 프로그램에서는, 드라마에서 나왔던 명대사를 알려 주면서 그 드라마가 무엇이었는지를, 또는 특정한 드라마의 한 장면을 보여 주면서 그 명대사를 맞혀 보라는 퀴즈가 종종 나왔다. 딱 보면 생각나는 그 명대사라니! "나, 지금 떨고 있니?"(〈모래시계, 1995, SBS〉), "선생이라고 부르지 말든가, 그럼!"(〈낭만닥터 김사부, 시즌 3, 2023, SBS〉), "이 안에 너 있다"(〈파리의 연인, 2004, SBS〉)", "똥, 덩, 어, 리!"(〈베토벤 바이러스, 2008, MBC〉), "내가 조선의 국모다"(〈명성황후, 2001~2002, KBS〉), "얼마면 돼?"(〈가을동화, 2000, KBS〉), "사랑은, 돌아오는 거야!"(〈천국의 계단, 2003~2004, SBS〉), "아프냐? 나도 아프다"(〈다모, 2003, MBC〉), "나를 추앙해요."(〈나의 해방일지, 2022, JTBC〉)와 같은 대사들은 드라마를 사랑하는 사람이라면 외국인들까지도 술술 읊을 줄 안다. 노래라면 몰라도 드라마 대사인데 이렇게까지 회자되는가 싶어서 늘 놀랍다. 그런데 그 명대사 가운데에는 이른바 막장 드라마에서 만들어진 것도 많다. 막장 드라마를 봤다, 라는 사실은 사람들 사이에 자연스러운 기본 값이 되는 셈이다.

"죽느냐 사느냐, 그것이 문제로다!"를 모르는 한국인이 드물 정도로
우리가 그토록 사랑하는 세익스피어의 작품도,
또 숱한 세계의 명작들 중에도 알고 보면 막장이 널리고 널렸다.
현실 세계에서도 마찬가지이다.
집집마다 찬찬히 들여다보면 어딘가에는 막장스러운 부분이 있다.
그것이 우리 삶의 한 단편이기 때문이다.
드라마는 그것을 통해 우리 삶을 되돌아보게 한다.

한번 시작된 막장의 열기는 앞으로도 계속될 것이다. 막장이라며 시청자들이 욕하는 것? 그 또한 텔레비전이 감당해야 하는 한 면인지도 모르겠다. 어디 가서 그 누구에게도 말할 수 없었던 응어리를 드라마를 통해서라도 카타르시스로 바꿀 수 있다면, 그것으로 우리 텔레비전'쟁이'들은 할 일을 한 것이다.

우리의 삶은 오늘도 내일도 흐를 것이다. 어제도 그랬던 것과 마찬가지로. 그러므로 우리는 기다리게 될 것이다, 또 다른 막장의 출현을.

닥터를
낭만적으로 만드는
사람들

〈낭만닥터 김사부〉 시리즈가 끝나고 나면 많은 사람들이 다음 시즌
이 언제 나오는지를 묻곤 했다. 극 중에서 마취과 의사 남도일 역을 맡
고 있는 나조차도 언제 다음 시즌이 시작될지 늘 궁금했다. 시즌을 거
듭하는 드라마치고는, 요사이 다른 드라마들과 차별되는 특별한 점이
이 드라마에 하나 있다. 한국의 많은 드라마나 영화가 최근에 웹툰을
기반으로 하고 있는데 이 드라마는 기존 창작물인 웹툰도, 소설도 없
는 그 자체로 원작인 창작물이다. 웹툰이 원작인 작품은 드라마로 제
작하기가 한결 수월하다.

  기존 창작물이 있으면 왜 제작이 더 수월할까. 특히 웹툰을 기존 창
작물로 삼는 경우가 왜 많을까. 대본은 문자의 세계이다. 대본은 현실
이라는 3차원 세계와 드라마라는 가상의 세계를 연결해 주는 2차원의
문자 세계이다. 그러다 보니 시나리오 외에도 드라마나 영화 제작에

는 콘티 또는 스토리보드가 필요하다. 콘티나 스토리보드는 언뜻 보기에는 마치 만화처럼 보이는데, 이것이 있어야 제작에 참여한 모든 이들이 제작자의 의도를 구체적으로 파악할 수 있다. 그런데 웹툰이 원작이라면 드라마나 영화 제작자 입장에서는 이 부분이 이미 해결된 것이나 다름없다. 시즌을 이어 가기에도 그만큼 용이하다. 기존 창작물이 있으면 그에 대한 대중의 반응을 미리 예상해 볼 수 있다. 따라서 제작자가 방향성을 정하는 것이 어렵지 않다. 반면, 기존 창작물 없이 처음부터 작업해야 하는 작품이라면 제작에 그만큼 시간이 더 걸릴 가능성이 높아진다.

〈낭만닥터 김사부〉는 제목에서도 알 수 있듯 의사가 있어야 한다. 세밀한 수술 장면을 어떻게 찍는지 많은 분들이 궁금해하는데, 핵심은 진짜 의사들과 얼마나 긴밀하게 공조하느냐에 달려 있다. 이 드라마의 경우에는 강은경 작가가 각본을 쓰는 단계에서부터 의사들의 감수가 빠질 수 없다. 드라마 촬영 전에 더미(dummy, 동물 가죽, 실리콘 등으로 제작한 인체 모형)를 앞에 두고 진짜 의사들이 수술 장면을 재현해 준다. 어떤 더미는 그 자체로도 수천만 원에 달하는 고가이다. 하지만 비용이 문제가 아니다. 의사들의 수술 장면은 때로는 굉장히 긴 시간 동안 이루어지기도 한다. 이때 얼마나 세심하고 깊이 있게 이해하여 나중에 드라마로 다시 구현해 낼 수 있을 것인지가 결정되기 때문에 모두가 숨을 죽이고 몰입하지 않을 수 없다. 드라마로 완성된 이후에도 감수는 계속된다. 드라마로서의 재미와 개연성을 뛰어넘어 의학적으로도 충분히 검증받아야만 하기 때문이다. 그러다 보니 빨리 다음 시즌을 만들라고 PD를 아무리 들볶아 봤자 시간을 더 앞당길 도리는 없을 것 같다. 창작물에는 그만큼 시간이 더 들 수밖에 없다.

나는 어린 시절에 〈스타워즈〉라는 영화를 보면서 엄청난 충격을 받았다. 〈스타워즈〉라는 영화가 이상하게도 한국에서는 개봉 당시 큰 인기를 끌지 못했다. 하지만 내가 이 영화를 처음 맞닥뜨렸을 때의 놀라움은 시간이 아무리 흘렀다 해도 여전히 생생하다. 서사와 음악과 배우들의 연기와 영상미… 모든 것이 놀라왔지만 무엇보다 우주선의 디테일, 우주에 대한 세심한 묘사가 정말이지 충격적이었다.

〈스타워즈〉가 나오고 그 영화가 미국뿐만 아니라 전 세계에 끼친 영향력은 지금까지도 대단하다. 심지어 어린이들을 위한 장난감 '레고'에서도 계속 '스타워즈'의 모델이 쏟아져 나오고 있다. 이들 모델 중에는 몇천 원이면 살 수 있는 것도 있지만 영화 속 우주선인 밀레니엄 팔콘 모델은 한화로 무려 600만 원이 넘는데도 없어서 못 팔 정도라고 한다. 미국에서 출간되는 책 중에서 〈스타워즈〉에 등장하는 각 우주선에 대한 일러스트레이션 북의 종류 또한 대단하다. 이 책들을 보고 있자면 입이 쩍 벌어질 정도로 상세하고 진지하고 멋지다. 미국의 많은 어린이들에게 〈스타워즈〉는 오늘 보고 내일 잊어도 좋을 막연한 영화 한 편에 그치지 않는다. 책으로 보고, 레고로 조립도 해 보며, 자신들이 앞으로 만들어 갈 미래의 전개도 같은 것이 되었다. 〈스타워즈〉가 나온 1977년 이후 미국의 산업이 어떤 식으로 발전해 왔는지를 생각해 보면 이 사실은 더욱 분명해진다.

최근의 〈스타워즈〉는 세계관(universe)을 만들어 스토리를 계속 이어 갈 수 있는 길을 열었다. 처음 제작된 영화 전후의 이야기로 또 영화를 찍는데 거기에서 이들의 세계관이 탄생한다. 원래의 영화 앞 이야기는 전편인 프리퀄(Prequel), 그 뒤에 이어지는 이야기는 속편인 시퀄(Sequel)로 배치하여 세계관을 얼마든지 새로이 만들 수 있으며, 한 캐릭터를 발전시켜 디테일 세계관인 스핀오프(Spin-off)까지 확장할 수 있다. 플랫폼이 있기 때문에 이 세계관을 좋아하는 마니아들을 위하여 〈스타워즈〉 스토리보드 위에 새로운 이야기를 계속 더해 갈 수 있다. 이 세계관은 또한 전 세계에 공급 가능하기 때문에 배우 이정재 씨도 출연했던 것처럼 국적, 인종 등을 얼마든지 뛰어넘을 수 있다.

한국에서 벌어진 의료 대란은 다른 나라에서도 관심을 갖고 크게 보도했다. 한국의 의료 기술은 전 세계가 부러워하고 주목할 정도이기 때문에 한국의 의료와 관련된 모든 것이 관심의 대상이 되는 것 같다. 〈낭만닥터 김사부〉도 그래서 더 주목받았다. 이 순수 창작 드라마는 의료진들과 긴밀한 협업 속에서 만들어졌고, 또 앞으로도 만들어질 것 같다.

우리 드라마나 영화가 많은 이들에게 사랑받는 것이 늘 감사하고 외국인들까지 관심을 가져 주어 이 또한 감사한 일이지만, 단순한 일회성 소비에서 그치지 않았으면 좋겠다. 누군가는 더미도 만들어야 하고, 의료 기기도 만들어야 하고, 이런 과정을 상세히 담아 전문 교육은 물론 대중 교육도 할 수 있어야 한다. 설명이 잘 곁들여진 스핀오프 영상으로 확장된다면 더욱 좋을 것 같다. 한국 의료 전체에 대한 프리퀄도, 또 미래 세계를 위한 시퀄도 나온다면, 〈낭만닥터 김사부〉는 우리 미래를 위한 하나의 시작점이 될 수 있을 것이다.

연예인이
꿈이라는
초등학생

2013년, 한국의 한 출판사에서 초등학생들을 대상으로 장래희망을 물었는데 이때 압도적인 1위를 차지한 것이 연예인이었다.[25] 2위였던 운동선수에 비하여 무려 2배 이상 높은 비율이었다.

20세기 말의 어느 날, 우리 집으로 한 통의 전화가 걸려 왔다. 기억나는 분들도 있을지 모르겠으나 당시에는 전화에서 발신자를 확인할수 없었다. 이 전화는 아버지께서 받으셨는데 전화가 잘못 걸려 왔다며, 우리 집에는 그런 사람이 없다고 단호하게 말씀하고서는 끊으셨다. 이 전화와는 무관하게 나는 말 못 할 고민으로 끙끙대고 있었다. 사실 이 둘은 한 가지 사건의 다른 얼굴이다. 이 전화는 당시 무려 수십대 1이라는, 그나마 김희애, 박중훈, 전인화 같은 이미 인지도가 높은 학생들을 제외한다면 훨씬 높은 경쟁률이 되었을 연극영화과 합격 여부를 알려 주는 전화였다. 연극영화과에 진학하기 위하여 나는 그

선에 다니던 대학을 잠시 휴학 중이었다. 끝끝내 합격 전화가 오지 않았다고 생각하고, 낙심 끝에 원래 다녔던 대학으로 복학해야 하나 고민 중이었다. 그러다 다시 용기를 내어 합격 여부를 직접 알아보았는데 놀랍게도 합격이었다.

문제는 그때부터였다. 나는 집에서 상당히 내성적이었고, 무엇보다 여러 형제들 중에서 연기를 특별히 잘하는 것으로 인정받지 못했다. 내가 못해서가 아니었다. 형은 학교 연극에서 주인공을 맡는 등 뛰어난 연기 실력으로 이미 정평이 나 있었다. 노래, 운동, 연기, 공부… 너무 여러 방면에서 지나치게 뛰어난 형이 있다는 운명의 장난으로 인하여, 집에서 아무도 내가 연기를 잘할 것이라고는 생각도 해 본 적이 없었다. 사정이 이렇다 보니, 제가 연극영화과에 합격했습니다, 라고 했을 때에도 부모님들은 그저 어리둥절해하셨다. 네가 연기라고…? 연극영화과에? 무슨 소리야…?

지난 세기에는 연예인에 대한 인식이 전반적으로 낮았다. '딴따라'라는 표현이 꼬리표처럼 따라다니기도 했다. 연예인을 한다고 하면 공부를 못할 것이다, 집안 형편이 어려울 것이다, 이런 근거 없는 소문들도 따라붙었다. 여자 연예인에 대한 인식은 더욱 수준이 낮았다. 이런 점들 때문에 감히 제가 연기자가 되려고 합니다, 라고 말을 꺼내는 것이 나로서는 정말 어려웠다.

그런데 불과 한 세대가 지나서 초등학생이 가장 희망하는 직업이 연예인이 되다니! 이것은 놀라운 현상이다. 희망하는 아이들이 많다는 것은 그만큼 달라진 위상을 말해 준다. 연예인들의 자긍심이 높아졌다는 반증이기도 하다.

연예인을 흔히 '공인'이라고 부른다. 1980년대까지만 하더라도 연예인은 그저 '텔레비전에 나오는 사람' 정도로 인식되었다. 하지만 이제는 더 이상 그렇지 않다. 사람들이 원하는 연예인은 사실 요구 수준이 매우 높다. 한국은 특히 높다. 이런 점이 연예인에게는 부담스럽게 작용하기도 한다. 그렇다 하더라도 연예인이라면 사회적 책임에 대해 최전선에서 알려 주는 사람, 사람들에게 공공의 선에 대하여 어필하는 사람이라는 의미에서 '공인'이 될 수 있도록 노력해야 할 것이다. 사람들이 인정해 줘서 '공인'이 된 사람들은 최고의 엔터테인먼트 회사에 소속되고 싶어 한다. 그런데 그런 곳에서조차 이런저런 불협화음이 나오기도 한다. 유명한 소속사에서 불미스러운 일이 터지면 사람들은 실망을 느끼기도 한다. 하지만 이것은 동시에 연예인 한 사람한 사람이 그만큼 중요한 사람이라는 뜻이기도 하다.

세상은 점점 다양해질 것이다. 세상에 법조인만, 의사만, 선생님만, 축구 선수만 존재한다면? 그럴 수도 없고 그래서도 안 된다는 점은 이제 모두가 안다. 연예인의 반대말을 '일반인'이라고 사용할 때가 있다. 어떤 연예인이 결혼을 하는데 그의 배우자는 '일반인'이다, 라는 식으로 공공연히 보도된다. 하지만 이는 결코 건강한 모습이 아니다. 연예인도 우리 중 한 사람이 될 수 있을 때 우리 사회는 더욱 건강하고 단단해질 것이기 때문이다.

아직도 부모들은
확신한다,
텔레비전은 나쁘다고

우리 아이를 지키려면 TV를 꺼야 한다는 내용의 책이 나온 적이 있다.[26] 2000년대 초반, 한국 사회에서는 'TV 안 보기 시민운동'이 전개된 적도 있다. 텔레비전 앞에서 아이들이 망가지고 있고, 가족의 행복을 되찾으려면 텔레비전을 꺼야 한다는 취지에서 이런 시민운동이 전개되었다. 한편으로는 이해가 가지만 그로부터 약 20년이 지난 지금 과연 텔레비전이 없으면 아이들이 망가지지 않고 가족도 행복을 되찾을 수 있을 것이냐, 라는 질문에 섣불리 대답할 수 있을지 자신이 없다.

오늘날 아이들은 어른들에게 종종 대들기도 하고, 사용하는 언어가 거칠 때도 있다. 때로는 외모를 지나치게 치장해서 어른들 기준에서 마음에 들지 않을 때도 있다. 이들이 텔레비전을 많이 봐서 그런 것일까? 아니다. 텔레비전 때문에 그런 것이 아니라는 점은 모두가 알고 있다. 오늘날 아이들은 미디어에 지나치게 노출되고, SNS에 너무 빠져들고, 이 밖에도 여러 가지 유혹이 많다. 부모 마음대로 되지 않는 아이들과 이 아이들에 화가 난 어른들을 위한 악역 대리를 혹시 텔레비전이 담당해 온 것은 아닌지 곰곰 생각해 볼 필요가 있다.

요즘은 BTS나 임윤찬의 공연까지도 편안하게 텔레비전에서 지켜볼 수 있다. 그런데 만약 현장에 가서 이들의 공연을 보려면 수백만 원짜리 비행기표를 끊고, 호텔을 잡고, 말도 잘 통하지 않는 곳에서 물어물어 공연장을 찾아가야 할 것이다. 어디 그뿐인가. 그만한 품을 들이고도 정작 표를 살 수 없다면 아무 소용이 없다. 눈 깜짝할 사이에 이미 매진이 되는 경우가 허다하니 말이다. 만나기 힘든 것으로 치자면, 신비로운 황금독수리를 3년이나 기다려 겨우 포착한 영상은 또 어떤가.[27] 지구 밖을 유영하는 영상은 말할 나위도 없을 것이다. 텔레비전이 우리에게 주는 효능과 이득이 이토록 대단하다. 그럼에도 텔레비전에 대해서 호감을 갖고 있는 부모는 많지 않다. 이쯤 되면 텔레비전은 정말이지 억울하다.

부모들은 도대체 왜 텔레비전을 미워할까. 그런데 요즘은 이 현상에 약간씩 금이 가고 있다고 한다. 우리 집 아이가 공부를 하지 않으면 부모들은 괜히 불안해진다. 예전에는 집중력을 앗아 가는 주범이 텔레비전이었는데 지금은 스마트폰이 그 역할을 한다. 그러다 보니 오히려 요즘은 부모들이 제어할 수 있도록 차라리 텔레비전을 보라고 권장하기도 한다는 것이다. 스마트폰으로는 아이 혼자 무엇에 빠져들고 있는시 알 수 없지만 텔레비전은 그나마 함께 볼 수 있기 때문이라고 한다.

그렇다면 텔레비전을 신뢰하고 믿기 때문에 부모들이 텔레비전을 권장하는 것인가 하면 꼭 그렇지만도 않다. 텔레비전이 스마트폰보다는 덜 유해할 것이라고 생각할 뿐이지 텔레비전을 신뢰하는 것은 아니다. 그렇다면 부모가 원하는 아이는 스마트폰도 보지 않고 텔레비전에도 관심을 보이지 않고 오로지 공부만 열심히 해야 하는데, 과연 그것이 가능할까? 공부만이 능사는 결코 아닐 것이다. 외국인들은 이미 한국의 콘텐츠에서 매력을 느끼고, 그 결과로 한국을 적극적으로 방문하고 있다. 외국에서는 이미 인정받고 있으나 한국의 부모는 반대하고 막는 것, 부디 그것이 한국의 텔레비전이 아니기를!

옛날에는 텔레비전 편성표라는 것이 신문에 나와 있었다. 각 채널에서 몇 시에 어떤 프로그램을 방영할 것인지는 신문을 통해서 확인할 수 있었다. 주요한 프로그램에 대해서는 간단한 소개와 설명이 편성표 옆에 함께 실려 있었다. 〈주말의 명화〉(1969~2010, MBC)에서 이번에는 어떤 영화를 방영할지, 〈추적 60분〉(1983~, KBS)에서 어떤 사건을 다룰지, 휴일이라도 끼어 있으면 특별 프로그램으로 무엇이 나올지 등을 알려 줬다. 어린 시절에 신문은 다 읽지 않아도 편성표만은 꼭 챙겨 보기도 했다. 지금 생각해 보면 상상하기 어렵지만 편성표 덕택에 여러 채널의 프로그램을 비교도 할 수 있었고 텔레비전 세상 전체를 한눈에 살펴볼 수 있었다.

요즘도 이런 편성표가 몇몇 일간 신문에 있기는 하지만 예전만큼 비중이 높지 않다. 이것을 손꼽아 기다리는 사람도 없다. 자기도 모르는 사이에 광고에 쏙 빠져들게 만드는 티저 영상이 널려 있는 판국에 신문 편성표에 의존하여 수동적으로 텔레비전을 보고 있을 사람이 얼마나 될지 모르겠다.

옛날과 같은 편성표는 없지만 좋은 프로그램을 검색해서 찾다 보면 자신이나 아이에게 필요하고 유익한 것들이 틀림없이 있다. 한국의 텔레비전에는 양질의 콘텐츠가 너무나도 많다. 이것은 정말 대단한 강점이다. 무작정 미워하기보다는 텔레비전을 매개로 부모와 아이들 사이에, 또 친한 사람들끼리 소통의 공간을 만들어 보는 것은 어떨까. 그러기에 한국의 텔레비전은 매우 적합한데 말이다.

국민 배우,
국민 가수

지금 우리 사회의 국민 여동생은 누구일까. 문근영을 필두로 김연아, 박보영, 수지, 아이유… 이름만 들어도 저절로 고개가 끄덕여지는 이들이다. 국민 여동생에 무슨 프리미엄이 붙는 것도 아니고, 그저 사람들이 불러 주는 이름일 뿐이다. 사람들이 아끼고 사랑하는 마음에 이들에게 붙여 주는, 그야말로 국민이 내리는 명예 직함 같은 것이 아닐까 싶다. 국민 여동생으로 불리는 이들은 시대에 따라 바뀔 수밖에 없다. 이런 호칭은 완성형이 아니라 여전히 진행형이디.

국민 여동생뿐만 아니라 국민 남동생도 있다. 어디 그뿐인가. 국민 가수(이미자, 조용필, 신승훈…), 국민 배우(이순재, 안성기, 송강호…), 국민 MC(송해, 유재석, 강호동…), 국민 투수(선동렬, 박찬호…)는 물론, 심지어 국민 남편(최수종…)에 이르기까지 '국민'을 일종의 접두사처럼 사용하는 표현은 앞으로도 용수철처럼 튀어나올 준비를 하고 있는 것 같다.

일찍이 독일에서는 국민 차인 폭스바겐을 생산해 내어 지금도 전 세계적으로 판매 중이다. 폭스바겐은 '국민'을 상징하는 말이기도 한 '폭스(volk, 영어의 'folk'에 해당)'와 자동차의 '바겐(wagen)', 그리고 그 사이에 연결시켜 주는 기능을 가진 's'가 합해져서 이루어진 단어이다. 이름 자체가 그야말로 '국민 차'라는 뜻이다. 국민들이 그만큼 아끼고 사랑한다는 뜻에서 이런 이름을 가졌을 것 같다. 하지만 의외의 역사를 배경으로 한다. 독일 하면 대표적으로 떠오르는 고속도로 아우토반과 함께, 이 차는 원래 독일 나치가 국가 재건을 목표로 추진했던 대표적인 국책 사업의 일환으로 세상에 나왔기 때문이다.

우리의 '국민 배우'와 다소 차이가 있기는 하지만 공산 국가에서는 흔히 '인민 배우'라는 표현을 사용한다. 이 역시 우리의 '국민 배우'에 해당하는 표현이지만, 우리와는 달리 이는 국민도 인민도 아닌 국가에서 결정하는 것이다. 이에 비하면 한국인들이 직접 부여하는 국민 배우, 국민 여동생, 국민 MC와 같은 칭호는 그야말로 무관의 영광에 지나지 않는다. 바꿔 이야기해 보자면, 이름만 그럴싸하다는 것일 뿐 실질적 명예나 경제적 이익까지 주어지는 것은 아니다.

오늘날처럼 다양한 매체가 없었던 시절, 그럼에도 많은 사람들 사이에 퍼져서 희한하게도 모두가 알고 있는 것들이 있었다. 그래서 거론만 하면 누구든 척 알 수 있는 것들이 분명 존재했다. 발 없는 말이 천리 길을 간다고 하지 않는가. 그런데 잠시 반짝 유행할 수는 있을지 몰라도 많은 사람들의 뇌리에 오랫동안 남기란 쉽지 않다. 이것이 바로 그 문화권에서 고전, 즉 클래식이라고 일컫는 것들이다. 고전은 특별한 가치를 부여할 수 있는 힘을 가진다. 고전에서 거론된 것들을 사람들이 기억하는 이유는 바로 그 때문이다. 전통 사회와 근현대까지만 하더라도 고전이 했던 이런 가치 부여의 역할을, 한국 사회에서는 국민들이 하고 있다.

이제는 한국을 좋아하는 외국인들도 한국의 국민 배우가 누구인지, 국민 가수가 누구인지를 훤하게 꿰고 있다. 한류를 말할 때, 이제 '국민-'은 빼놓을 수 없다. 한국에서 '국민'을 붙이는 그 영광의 칭호가 주어진 경로를 곰곰이 따져 보면 텔레비전을 빼놓을 수 없다. 텔레비전을 통해 온 국민에게 사랑을 받았다는 사실만으로는 뭔가 부족하다. 텔레비전을 통해 사랑을 받은 동시에 검증된 사람이어야만 이런 자격이 비로소 주어진다는 것을 우리는 암묵적으로 안다. 그렇다면 '국민-'은 다름 아닌 국민들이 텔레비전을 통해 수여하는 훈장 같은 것이 아닐까.

"텔레비전에서 그거 봤어?"라고 누군가 말한다면? 그리고 이 말을 듣는 사람이 고개를 끄덕인다면? 이것이 무엇을 뜻하는 것인지는 문화권마다 차이가 있다. 보통은 일시적이고 단순한 즐거움, 쇼킹한 이슈일 가능성이 높다. 그런데 진짜 국민이 바라는 누군가를 발굴하여 '국민-'이라는 이름을 달아 주는 곳이라면, 여기에는 제대로 주목해야 할 이유가 있을 것이다. 사람들이 기다렸던 어떤 인물이 등장한 것이기 때문이다.

대단한 나라, 대단한 텔레비전이라고 이야기하기는 참으로 조심스럽다. 이것은 인류 역사에서 자신의 힘과 세력을 확장하기 위하여 텔레비전을 정치적으로 악용할 때나 종종 강조했던 말이기 때문이다. 하지만 분명 대단한 텔레비전이란 것은 존재한다.

우리는 지금까지 텔레비전 출연자에 대해서 늘 이야기했지만 시청자에 대해서는 별로 주목하지 않았다. 그런데 텔레비전을 대단하게 만들 수 있는 것은 결국 시청자이다. 이것을 믿지 않는 사람들에게는 아무리 이야기해도 입만 아플 뿐이다.

직업과 상관없이 텔레비전에 드러나는 모든 분야에서 이런 현상은 계속 나올 것 같다. 정치, 경제, 스포츠 등 다양한 분야에서 활동하는 이들에게 시청자들은 앞으로도 '국민○○' 칭호를 부여하게 될 것이다. 그러라고 시키는 사람이 아무도 없음에도 말이다.

안녕,
푸바오

용인 푸씨의 시조인 푸바오에 대한 한국인들의 사랑과 지지는 그야말로 대단하다. CNN에서 이 팬덤 현상을 기사로 다루기도 했다.[28] 한국에서 자연 번식으로 태어났지만 임대 계약 기간 때문에 푸바오는 2024년 4월에 중국으로 돌아가야 했다. 돌아갈 당시, '푸바오 할아버지'(강철원 사육사)는 모친상을 당했음에도 불구하고 푸바오가 무사히 중국에 도착할 때까지 그 곁을 지켰다. 그로부터 3개월이 지난 후, 중국에서 푸바오가 잘 적응하고 있는지, 다시 푸바오가 있는 곳으로 직접 찾아가 먼발치에서 근황을 살피고 오기도 했다. 이 역시 푸바오의 안전을 배려한 것이라 한다. 용인에 있었을 때는 관람객들에게 최고의 사랑을 받았고, 그 이야기가 책으로 나오자마자 베스트셀러가 되었다. 중국으로 돌아갈 때는 한국인들로부터 눈물의 배웅을 받았고, 중국으로 돌아간 후에는 푸바오를 보러 가는 충칭행 관광객이 증가했다. 그야말로 푸바오 신드롬이다.

푸바오는 어떻게 한국인들의 가슴에 이토록 절절히 와닿았을까. 푸바오에 대한 사랑과 열기와는 달리, 한-중 관계는 정치적인 이유로 최악으로 치닫고 있었기 때문에 이 점은 더욱 신기하다. 푸바오에 대한 사랑을 이끌어 낸 것은 역시 영상이다. 유튜브 채널에서 꾸준히 푸바오에 대한 영상이 소개되고, 특히 강철원 사육사 할아버지와 손녀 푸바오의 이야기가 텔레비전으로 나오면서 많은 사람들에게 큰 호응을 얻었다.

판다는 세계 여러 나라에 임대되어 있는데 미국의 메이샹, 일본의 샹샹, 프랑스의 위안멍과 같이 각국에서 사랑을 독차지한 경우가 많다. 일본인들 역시 샹샹을 중국으로 반환할 때 눈물 어린 배웅을 했다. 반환 이후에도 식지 않는 인기를 누렸으며 수많은 굿즈 등이 일본에서 판매되고 있다.[29] 이런 점에서 샹샹은 푸바오와 아주 유사하다. 프랑스의 위안멍은 아래로 쌍둥이 동생들이 있다는 점에서 푸바오와 유사한 면이 있다. 특히 프랑스의 대통령 영부인인 브리지트 마크롱 여사가 위안멍의 엄마(대모) 역할을 했는데, 이 아들(대자)을 만나기 위해 파리에서 200킬로미터나 떨어진 곳까지 기꺼이 찾아간 것으로 유명세를 타기도 했다.[30]

이렇게 보면 푸바오가 받은 사랑은 세계의 다른 판다들이 누렸던 것과 비슷한 측면이 있다. 하지만 우리와 푸바오 사이에는 남다른 면이 한 가지 더 있다. 판다뿐 아니라 동물이 방송에 출연하여 성공을 거

눈 예는 일찍이 많았지만 푸바오의 경우에는 화면 속 자막이 큰 역할을 했다.

동물인 푸바오의 감정을 우리가 어떻게 알겠는가. 아무리 팬들의 애정이 깊다고 해도 결국 가장 가까운 곳에서 푸바오를 돌보는 사육사들만큼 잘 알 수는 없다. 판다는 애당초 중국에서 임대하는 동물인지라 비록 한국에서 태어났다 하더라도 언젠가는 본국으로 되돌려 보내야만 하는 운명을 갖고 태어났다. 이런 푸바오를 지극 정성으로 돌본다는 것은 마치 남의 아이를 잠시 맡아서 교육하는 교육자의 마음과도 비슷할 것이다. 우리가 사랑하는 푸바오의 영상 속에는 푸바오를 키우는 사육사의 마음과 그 마음에 교감하는 어린 동물의 속내가 드러난다. 그 마음이 과연 진짜일까? 우리가 동물의 마음을 어떻게 정확하게 알 수 있겠는가. 하지만 사육사 할아버지의 언어로 다시 재현될 수 있다. 음식을 먹고 장난치고 신체 체크를 하는 일상 속에서 '용인 푸씨'와 같은 표현이 나온다는 것은 달리 다른 설명이 필요 없다.

다른 나라의 판다는, 판다가 귀한 동물이어서 귀한 사람과 매칭이 되었고 그 때문에 더욱 유명해지곤 했다. 하지만 푸바오는 좀 달랐다. 그와 함께한 이는 유명인이 아니라 늘 함께하는 사육사이자 푸바오를 가장 잘 아는 할아버지라는 점이다. 푸바오의 신뢰가 가장 깊고, 푸바오의 속마음을 제일 잘 읽을 수 있는 할아버지가 한 마리 어린 짐승과 주고받는 말은 그저 한번 웃고 넘어갈 허튼 농담 정도가 아니었다.

사람이 동물의 속마음을 온전히 다 읽을 수는 없다고 해도

푸바오와 할아버지 사이에 오간 교감은 온전한 것으로 보였다.

그래서 영상에서 '뚠빵뚠빵 용인 푸씨'가 자막화되는 순간,

족보도 없는 새로운 성씨 하나가 한국인의 뇌리에 각인되었다.

그리고 사람들은 그것을 진지하게 받아들였다.

푸바오의 인기는 중국인들에게까지 고스란히 옮겨 갔다. 하지만 한국에서도 유명했다고 하니 유명하지, 직접 내 손으로 키웠을 때 비로소 나올 수 있는 표현들이 그 속에는 없다. 일반적인 언어일 뿐이다. 그래서인지 중국에서도 여전히 유명하지만 속까지 꽉 차는 느낌이 부족하다. 정성껏 가르치고 키우고 한껏 사랑해 주는 것, 그리고 그것을 자막으로 언어화해서 사람들에게 깊은 인상을 남기는 것, 우리 텔레비전이 가진 강점 중 하나가 아닐 수 없다. 푸바오와의 교감은 자막으로 남았다.

전쟁과
텔레비전

텔레비전 이야기를 하면서 피해 가기 어려운 인물 중에 평론가이자 철학자인 발터 벤야민(Walter Benjamin, 1892~1940)이 있다. 대학에서 방송국과 방송 프로그램 관련 강의를 할 때 빼놓을 수 없는 인물이다. 그런데 막상 그와 그의 이론에 대해서 강단에서 언급하면서도 찜찜한 마음에 강조하기 어려운 부분이 하나 있다. 바로 전쟁과 관련된 내용이다. 그의 생애 자체가 세계대전의 한가운데에 놓여 있었던 탓에 그가 "방송국 구축의 진짜 이유는 다른 데 있다. 이 구축은 정치적인 것이다. 사람들은 전쟁 발발 시 활용할 광범위한 선전 도구를 갖길 원한다."라고 믿었다는 점이다.

그는 원래 교수가 되고자 했다. 유럽은 지금도 교수가 되기 위해서는 시험을 거쳐야 하는 경우가 대부분이다. 이 시험에 합격하면 교수가 될 수 있고, 그렇지 않으면 교수가 될 수 없다. 당시 전형적인 금수

발터 벤야민
(출처: 위키미디어 커먼스)

저였고 30대의 한창 나이였던 벤야민은 안타깝게도 교수 시험에 떨어지는 고배를 마셨다. 그 후, 그는 뜻밖에도 방송에 관심을 가졌다고 한다.

벤야민은 교수 시험 낙방 후, 프랑크푸르트 방송국 프로그램 매니저로 있었던 친구의 제안으로 비평가뿐만 아니라 대담 진행자, 예능 프로그램 진행자 등을 맡게 되었다고 한다. 요즘 한국에서도 한 인물이 이 프로그램 저 프로그램에 중복으로 나오는 경우가 더러 있지만, 벤야민은 당시에 무려 80편이 넘는 방송 프로그램에서 활약했다고 한다. 그때 전파를 타며 그가 출연했던 매체는 텔레비전이 아니라 그 전신이라 할 수 있는 라디오였다. 그는 1927년부터 1933년까지 토크, 퀴즈, 강연, 문학비평, 아동·청소년 대상 프로그램까지 이끌었다.

방송에는 사람들 눈에 보이지 않는 국가 간의 경쟁이 있기 마련이다. 독일이 세계대전에서 어떤 위치에 있었는지를 떠올린다면, 독일을 둘러싼 방송 환경이라는 것도 짐작이 가능하다. 그래서인지 한창 방송으로 바빴을 당시 벤야민은 이런 불평을 한 적이 있다. 외국(벤야민은 어떤 나라인지를 밝히지는 않았다)에는 몇 개의 대형 방송국이 있는데, 규모가 훨씬 작았던 독일 방송국의 방송 수신 반경이 40~50킬로미터를 넘지 못하도록 다른 나라에서 방해하고 있다는 것이다. 자, 이런 상태에서 사람들이 사는 집에서는 어떤 일이 벌어졌을까. 아마도 라디오 시청자들은 짜증을 내며 라디오를 손으로 슬쩍슬쩍 쳐 보거나, 손에 힘을 줘서 라디오 주파수를 이리저리 맞춰야 했을 것이다. 애타는 청취자들의 아날로그적 노력이라는 것은 지금으로서는 상상조차 하기 어렵다. 청취자들만 그랬을까. 아날로그적 세상에 살고 있었던 벤야민에게 하루는 이런 일이 있었다고 한다.

초침이 분침보다 동일 궤도를 60배 빠르게 돌아가는 괘종시계로 시선을 돌렸을 때, 나는 원고의 절반 정도를 읽어 내려가고 있었다. 집에서 준비에 실수가 있었던 것일까? 지금은 속도를 놓쳤단 말인가? 하나는 분명했다. 내 발화 시간의 2/3가 지나가 버린 것이다. … 원래는 이제 아나운서가 들어왔어야 했다. 하지만 그는 기다렸고, 나는 문 쪽으로 몸을 돌렸다. 내 시선은 한 번 더 괘종시계로 향했다. 그런데 분침은 36을 가리키고 있었다! 40분까지는 4분이 충분히 남아 있었던 것이다. 내가 조금 전 순식간에 파악했던 것은 초침 상태였음에 틀림없다! 그제야 나는 왜 아나운서가 머뭇거리는지를 이해했다. … 형언할 수 없는 두려움이 나를 엄습했고, 이어서 거친 결단이 그 뒤를 따랐다. … 코트 주머니에서 원고를 꺼내 생략한 지면들 중에서 먼저 손에 잡히는 쪽을 들고 내 심장박동 소리를 능가하는 목소리로 읽어 내려가기 시작했다. … 손에 컨텍스트 대목이 짧았던지라 나는 음절을 길게 늘어뜨렸고, 모음은 떨림을 주어 울리게 했고, r 자는 굴렸으며, 문장의 휴지를 사려 깊게 끼워 넣었다. 이렇게 한 번 더 나는 엔딩에 다다랐다. … 그러고는 그 이튿날 내 방송을 들었다는 친구 한 명을 만났을 때, 나는 지나가는 소리로 그가 받은 인상을 물었다. "매우 즐거웠어요"라고 그는 말했다. "(방송은) 수신기와는 매번 안 맞아요. 내 수신기는 또 1분이 완전히 멈췄어요."**31**

요즘은 '온 에어' 지시등이 있고 또 바깥에서 PD나 작가들이 지켜보고 있기 때문에 이런 사고는 상상도 할 수 없다. 하지만 앞서 언급한 것처럼 한국에서도 방송 초창기에 텔레비전 시작을 알려야 하는 아나운서가 헐레벌떡 달려온 일이 있었다. 벤야민의 저 낭만적인 이야기는 오늘날의 기준에서 본다면 명백한 방송 사고이다. 오늘날 사람들은 라디오든 텔레비전이든 큰 주의를 기울이지 않고 그 속에서 쉽게 즐거움을 찾고 잊어버린다. 하지만 혹시라도 방송 사고가 나면 그것은 의외로 금방 찾아낸다. 그리고 두고두고 이야깃거리가 된다. 한 치의 오차도 허용하지 않는 디지털 기기의 정확함에 아날로그적인 사람이 맞춰 가야 한다는 점, 이것은 오늘날 방송국에서 늘 볼 수 있는 광경이다. 그런데 전쟁 당사국이었던 독일에서 선전 도구로 사용한 방송에서 사고라니!

예전에는 일방형의 텔레비전이었기 때문에 쉽게 전쟁의 선전 도구가 될 수 있었다. 전쟁이 끝나고 나서도 권력에 충성하는 것을 흔히 볼 수 있었다. 한국에는 '땡전 뉴스'라는 표현이 있다. 위키백과에 따르면, 땡전 뉴스(또는 뚜뚜전 뉴스)는 1981년부터 1987년까지 제5공화국의 전두환 정권 시절 뉴스를 빗대는 말이다. 이름의 유래는 9시 시보가 '땡' 하고 울린 후 나오는 헤드라인 또는 첫 소식에서 바로 '전두환 대통령은 오늘…'이라는 멘트가 나온 데서 비롯되었다. 전쟁과도 같았을 당시를 떠올려 본다면, 한낱 선전 도구로 전락해 버린 텔레비전에서는 한 치의 오차도 용납되지 않았음을 알 수 있게 해 주는 대목이다. 오죽했으면 이 땡전 뉴스는 1986년 이래 시민단체들이 주도하는 KBS 수신료 거부의 빌미가 되기도 했으니, 방송이 지녀야 할 덕목 중 하나인 정확함이 잘못 구현된 케이스라 해야 할 것이다.

우리나라 방송 초창기에 아나운서가 방송국에 늦게 도착해 정규 방송 시작이 늦어졌다고 해서 시청자들의 텔레비전에 대한 기대감이 꺾이지는 않았다. 지난 2010년 KBS 뉴스 방송 도중 박대기 기자가 폭설 상황을 보도하면서 자신이 눈사람이 되어 가는 와중에 본사와 연결이 원활하지 않아 일어난 방송 사고에 대해서, 시청자들은 비난하지 않았다. 오히려 박대기 기자는 그 방송 사고 이후 유명인이 되었다. 극한 상황에서도 꿋꿋하게 보도하고 전달하는 모습이 사람들에게 깊은 인상을 남겼기 때문이다.

한국의 텔레비전 방송은 한국전쟁이 끝나고 나서 전쟁 복구 개발과 함께 본격화되었다. 텔레비전이 발달해 온 단계에 따라 혹자는 팔레오 텔레비전, 네오 텔레비전, 포스트 텔레비전으로 나누기도 한다.[32] 팔레오 텔레비전에서는 방송인과 시청자 관계가 명확하다. 정부 목소리의 전달이 주요 목적이기 때문이다. 우리 땡전 뉴스와 같은 것이 바로 여기에 해당한다고 볼 수 있다. 여기에서 진화한 것이 네오 텔레비전이다. 이 단계에서 시청자는 수동적 시청자에서 적극적 개인으로 발돋움한다. 여러 문제를 가진 개인들이 출연하고, 절망하는 모습과 그 문제를 해결하는 모습을 보여 준다. 이를 통해 사회적 유대 관계 회복을 도모한다. 여기에서 한 단계 더 나아가면 포스트 텔레비전 단계가 된다. 여기에는 리얼리티가 동원된다. 텔레비전의 심각한 모순을 해결하기 위함이다. 무인도라든가 주택에 들어가 감금되어 생활하면서, 일반인이 프로그램 출연자임에도 시청자와 함께 자기 성취를 주도한다.

한국전쟁 당시만 하더라도 텔레비전은 너무나 먼 다른 나라 이야기었다 보니, 우리에게 팔레오 텔레비전 시대는 묘하게도 한발 늦게 시작되었다. 사람들의 눈은 텔레비전 덕택에 이미 근대화되고 민주화되어 네오 텔레비전 시대로 달려가고 있었는데, 뒤늦게 텔레비전을 선전 도구로 이용하려 든 사람들이 나타난 것이다. 서양에서는 굳이 무인도를 찾아가야 리얼리티였을지 모르나 우리 시청자들에게는 이산가족 찾기보다 더한 리얼리티가 뭐가 있었을까. 그러니 땡전 뉴스를 지켜보고 있었을 시청자들의 심정은 짐작이 가고도 남는다.

그러나 전쟁은 지금도 텔레비전을 이용하려 한다. 우리는 아직 휴전 중인 국가이다. 한국을 바라보는 외국인들은 이 사실을 언제나 의식하고 있다. 이 지구상에서는 오늘도 전쟁이 그치지 않고 있다. 휴전이라는 특수한 환경에 놓여 있다 보니, 우리는 따로 공부하지 않아도 전쟁과 텔레비전의 관계를 잘 이해할 수 있다. 전쟁을 고스란히 겪었던 세대, 그런 부모 밑에서 자라난 세대, 전쟁은 게임 속에서나 경험한 세대가 지금 한반도에 공존하고 있다. 전쟁에 대한 경험과 전쟁을 바라보는 시각에 세대 차이가 크다. 인류 사회에서 텔레비전을 전쟁에 이용하려는 의도는 빈번했다. 그리고 그 공포감을 이용하려는 어두운 힘도 어딘가에 도사리고 있다.

우리가 만들어 갈 텔레비전의 미래에는, 텔레비전을 전쟁에 이용하려는 허튼 사고 대신에, 전쟁으로 고통받는 이들에 대한 배려와 평화의 메시지가 담겨 있었으면 한다. 마치, 소설 〈1984〉에서는 인류를 감시하는 무서운 텔레비전[33]을 예고했지만 백남준은 〈굿모닝 미스터 오

웰〉에서 "오웰, 당신이 예측한 억압과 광기의 시대는 오지 않았고 우
리는 여전히 현재를 잘 살고 있다."라며 공포를 극복하고 새로운 예술
세계를 텔레비전 위에서 경쾌하게 펼쳤듯이.

4부

텔레비전의 스핀오프는
현재 진행형

어머,
착하게 생겼다

강의를 주로 카메라 앞에서 해야 하는 나의 입장에서 여전히 참 낯선 부분이 있는데, 바로 분장이다. 평소 스킨과 로션 정도에 의존하는 내 입장에서 색조 화장은 아무래도 익숙해지지 않는다. 화장을 하고 나면 내 얼굴이 아닌 것 같은 그런 느낌이 있어 처음 방송 강의를 촬영할 때 나는 화장을 거부했다. 민망하기도 하거니와 내 모습을 꾸며서 학생을 속이는 것 같았다. 강의의 내용이 중요하지 겉모습이 중요해? 이런 생각이 내 안에 있었다.

그렇게 민낯 촬영을 마치고 강의가 방송으로 다 나갔는데, 하루는 학생 한 분이 "교수님, 강의 잘 봤는데요, 어디 편찮으신가요?"라고 질문하는 것이다. 그렇다. 화장기 없는 얼굴은 상대에게 자연스러운 내 모습을 보여 주거나 강의에만 집중하도록 하는 것이 아니라 학생에게 쓸데없는 걱정을 안겨 주는 것이구나! 아니나 다를까, 처음으로 화장을 하고 방송 강의를 찍고 났더니 반응이 폭발적이었다. 강의를 잘하는 사람이 된 것이다. 하기는 그렇다. 일단 관심이 가고 즐거운 마음으로 봐야 강의도 재미있는 법이다. 교수의 상태가 걱정스러워서 강의를 제대로 보지도 않았는데 어떻게 그 내용을 알 수 있겠는가. 솔직히 화장을 하고 하는 강의와 그렇지 않은 강의 사이의 강의 몰입도 차이까지 알 도리는 없다. 하지만 분장을 하고 나서 최소한 걱정하지 않아도 될 정도로 보기 좋은 교수님이 된 것임은 틀림없다. 그래서 지금은 강의 녹화를 시작하기 전에 분장하는 것을 당연하게 받아들이는 편이다.

하지만 그렇다고 익숙해졌다는 뜻은 아니다. 여전히 낯설다. 하루는 분장을 지우지 않은 채 집으로 갔는데, 엘리베이터 앞에서 우리 집 아이를 만났다. 지나치게 예뻐진 엄마를 알아보지 못하고 아이가 너무나 정중하게 "안녕하세요."라고 인사를 하는 바람에 서로 어색해졌던 적도 있다.

한국 사회는 외모지상주의라는 오명을 달고 산다. 외모란 중요한가? 중요하기도 하고 중요하지 않기도 한 것 같다. 내가 대학생이었을 때 오빠가 한창 유명세를 달리고 있었다. 하루는 오빠가 주연으로 나온 청춘 영화가 서울 시내 '단성사'라는 유명 극장에서 개봉했는데, 산골짜기 학교에 다니던 나는 강의실에서 정류장까지 달려서(당시에는 거리가 멀었다. 교통수단도 신통치 않았고) 버스를 타고, 지하철을 갈아타서 겨우 첫 상영 시간에 맞춰 갈 수 있었다. 그때의 내 모습은 그야말로 민낯 그 자세였나.

　많은 스텝들이 있는 일종의 대기실 같은 곳에 허겁지겁 달려갔는데, 지금 생각해 보면 그 반짝반짝하는 분들 사이에서 정말 분위기 파악 못하는 꼬질꼬질한 별종처럼 보였을 것 같다. 그래도 오빠는 나를 다른 분들께 동생이라고 소개해 줬는데, 그때 출연진 중 한 분이 "어머, 너무 착하게 생겼다."라고 하는 것이다. 그 표현이 왜 말 그대로 전달되지 않고, 변우민 씨 동생이라고 하기에는 예쁘지 않다는 의미로 들렸을까. 혹시 그렇게 이해한 것은 나뿐이었을까. 아무튼 오빠는 뭔가 어색해진 그 상황을 타파하기 위해, 내 동생이 여차여차한 좋은 학교에 다닌다며 소개를 덧붙였다. 그래서 한마디 더 들을 수 있었다. "아, 어쩐지… 공부 잘하게 생겼다." 공부를 좀 하는 사람들도 공부 잘하게 생겼다는 말이 결코 칭찬이 될 수 없다는 것 정도는 안다. 그렇게 나는 착하게 또는 공부 잘하게 생긴 사람으로 갑자기 입지가 굳어지는 느낌이 들었다.

　한국 사회에서 '엔터'로 종종 표현되는 분야는 호감을 주는 외모가 필수라고 해도 과언이 아니다. 이 분야는 '한류'라는 이름으로 이미 한국의 주요 산업으로 자리매김했다. 2024년 4월, 우리나라 엔터테인먼트 기업 중에서 최초로 하이브가 대기업 집단에 지정되었을 정도이다. '엔터'의 성장은 화장품 산업의 성장과 같은 궤적을 그려 왔다. 문화가 다른 외국인들이 보기에도 '한류'는 예쁘고 멋지다는 속성을 갖고 있다. 하기는 신화의 세계에서도, 문학의 세계에서도, 사람들의 사랑을 받는 주인공에게 외모라는 요소가 빠질 수 없다. 주인공의 미모로 보자면 '한류'는 이들과 어깨를 나란히 하고 있다.

지금은 나에게 착하게 생겼다, 공부 잘하게 생겼다고 말하는 사람은 없다. 이제는 오히려 강의 이야기를 한다. 나는 어렸을 때부터 사자머리에 투실투실했다. 나와 다르게 오빠는 어렸을 때부터 이목구비가 또렷했다. 그런데 너무 서구적이었던 탓에 당시 어른들이 선호하는 외모가 아니었다. 지금은 많은 이들이 열광하는 그 이국적인 외모 때문에 오빠는 어른들에게 미움 아닌 미움을 참 많이 샀던 것 같다. 반면, 어른들이 선호하는 투실투실한 외모를 타고난 덕택에 나는 나를 꾸미려는 노력을 할 필요가 없었고, 그러기에 지금도 그 방면에서는 초보자이다. 그래서 나 자신을 외적으로 잘 어필하는 방법을 아직도 잘 모른다. 그나마 나의 외모에 신경 쓰는 대신에 강의에 좀 더 집중할 수 있게 된 것은 순전히 분장실 선생님들 덕택이다.

온라인 강의는 현재 전 세계 유수 대학에서 진행하고 있다. 방송대 같은 태생적 OU(Open University)가 아니라고 하더라도, 스탠퍼드나 하버드 같은 유수한 대학에서도 오래전부터 온라인 강의를 선보여 왔다. 좋은 대학의 온라인 강의는 카메라 한 대만 가져다 놓는다고 가능할까? 어림도 없다. 일반 강의가 시작부터 끝까지 교수자의 주도라면, 온라인 강의는 시작부터 끝까지 기획자와의 협업이 필수라는 점에서 큰 차이를 보인다. 방송대의 경우, PD와 끊임없이 상의하고, 조연출이 세트를 준비하고, 강의에 추가로 필요한 인터뷰어를 섭외하여 인터뷰가 신행되고, 디자이너와 강의안이 계속 오가고… 한 편의 드라마를 찍는 것과 비슷하다고 해야 할까. 아무튼 일반 강의에서는 상상하기 어려운 과정의 연속이다. 그뿐만이 아니다. 마치 방송에서 시나리오가 있는 것처럼 온라인 강의를 시작하기도 전에 교재부터 제작된다. 이 과정에서도 역시 출판사 편집자들과 끊임없는 상의와 피드백 등이 길게는 해를 넘겨 가면서까지 진행된다.

세계 유수 대학에서 대표로 내놓은 온라인 강의의 제작 과정에도 저마다 숨은 무엇인가가 들어 있다. 학생이 다 듣고 보니 이 온라인 강의가 참 편하면서도 인상 깊었으며 많이 배웠다 싶은 강의의 이면에는, 눈에 보이지 않는 촘촘한 전문가들과의 협업 과정이 도처에 숨어 있다.

메타버스는
멀리 있지 않다

요 몇 년 한창 인기를 끌었던 대세 중에 메타버스라는 것이 있다. 메타버스는 말 그대로 지금의 현실 세계를 초월하는 그 어떤 것이다. 아직 다가오지 않은 미래인 메타버스를 어떻게 설명하고 이해할 수 있을까? 만약 서로가 여기에 대해 정확하게 이해하지 못하고 공감대도 만들지 못한다면, 새로운 미래를 함께 건설하자는 구호도 공허할 것이다.

요즘은 시청률이 10퍼센트만 되어도 엄청나다고들 하지만, 한국의 텔레비전은 불과 몇 년 전만 하더라도 시청률 50퍼센트라는 것이 가능했다. 이 말은 한국 사람 두 사람 중에서 한 사람 이상이 같은 프로그램을 시청했다는 말로, "아, 그거!"라는 공감대가 두텁게 형성되어 있다는 뜻이다. 모름지기 한국 사회의 유행이라는 것이 이런 경로로 만들어질 때가 많았다. 요즘처럼 개성을 중시하고 개인의 취향을 존중하는 세상에서도, 한국 사람들 사이의 암묵적 '표준'이라는 것이 텔레비전을 통해 부지불식간에 만들어지곤 했다. 사회의 표준이란 새로운 것을 시작할 수 있는 힘을 부여해 준다. 반대로 너와 나의 이해도 차이가 크면 클수록 그 사회는 그것을 조정하기 위하여 비용을 치러야 한다.

2024년 열린 파리 올림픽은, 우리에게 익숙했던 문화 구매 형태가 앞으로 어떻게 바뀌어 갈 것인지를 적나라하게 보여 주었다. 기존에는 올림픽 개막식 표를 산 사람만이 개막식을 제대로 즐길 수 있었다. 그런데 파리 올림픽에서는 달랐다. 표를 사서 개막식에 입장한 사람들은 배를 타고 입장하는 선수단이나 갑옷을 입고 백마를 타고 센강을 건너는 기사가 자신의 앞을 잠시 지나갈 때 지켜볼 수 있었겠지만, 콩시에르주리 앞을 배를 타고 노래를 부르며 지나가는 마리 앙트와네트,[34] 〈어쌔신 크리드〉 게임의 아르노(괴도 루팡으로 오해를 받기도 했지만), 파리 시청 옥상 위의 무용수, 성화로 피어오르는 열기구, 역경을 이겨 내고 에펠탑에서 노래를 열창하는 셀린 디옹을 모두 보지는 못했다. 예전에는 비싼 값으로 개막식 표를 산 사람만이 그 안에서 펼쳐지는 멋진 공연을 구매한 셈이었다. 이것이 우리가 아는 세상이었다. 그런데 1924년 이후 100년 만에 다시 파리에서 개최된 2024년 올림픽에서는 오로지 텔레비전 앞에 있는 시청자만이 개막식의 모든 모습을 생생하게 온전히 볼 수 있었다.

이는 실로 현실과 가상, 텔레비전과 텔레비전 너머의 세상에 대한 매우 중대한 변화를 보여 주는 것이다. 이는 누군가가 특정한 경험과 시간을 독점할 수 없음을 뜻한다. 동시에 여러 사람들의 협업을 통해 시공간을 마음대로 재단하여 편집한 후 전 세계인들과 영상으로 공유할 수 있다는 뜻이기도 하다.

인간은 공간적 제약을 빠르게 극복하고 있다. 이제 곧 더욱 자유로운 이동의 시대가 열릴 것으로 많은 이들이 전망한다. 사람이 운전할 필요가 없는 자동차와 드론 택시가 곳곳을 누비게 될 것이라는 이야기를 이미 꽤 오랫동안 들어 왔다. 벌써 자율주행 택시가 다니고 있는 도시가 있으니 정확한 시작 시점을 아직 모를 뿐 언젠가 상용화될 것이다. 한국 사회에서 처음 광역 버스가 등장했을 때, 많은 이들은 길고 긴 이동 시간 동안 좁디좁은 버스 속에서 스마트폰이 보여 주는 이상적인 세상과 함께 시간을 보냈다. 길고 긴 통근 시간에 사람들이 지치지 않도록 웹툰과 영화와 드라마가 함께한 셈이다.

이동이 더 자유로워질수록 사람들은 더 많은 콘텐츠를 필요로 할 것이다. 그렇다고 그 시간을 채워 주기 위해 없던 콘텐츠가 갑자기 기하급수적으로 새로이 만들어질 수는 없다. 그렇다고 이미 만들어진 콘텐츠를 바로 사용할 수도 없다. 시대의 요구와도 맞지 않기 때문이다. 따라서 새로 발굴할 때는 사람들이 지금 살고 있는 시대가 필요로 하는 감각을 줄 수 있어야 한다. 새로이 만들어지는 콘텐츠와는 별개로 기존의 콘텐츠에 새로운 '시간 지각(time preception)' 개념을 부여할 수 있다. 시간을 심리적으로 느끼는 것을 '시간 지각'이라 한다. 지나간 뉴스에는 아무도 관심을 두지 않는다. 하지만 새로운 시간 지각 개념을 부여하면 역사물로 재탄생할 수 있다. 마치 누군가는 단순히 '1분'이라 하지만 또 다른 누군가는 이것을 '영원'이라 하는 것처럼 똑같은 시간도 다르게 번역될 수 있다. 무작위로 방영하면 구닥다리 옛날 드라마이지만, 적절한 편집 후에는 현 시점에 진정 필요한 휴먼 드라마로 변모할 수 있다. 콘텐츠를 깊숙이 이해하여 사람들이 지금 느끼는 시간 지각 개념에 맞아떨어지도록 할 때 이것이 가능해진다. 미래의 이동 시청자들의 요구에 맞도록 새로운 시간 지각 개념을 부여하여 오늘의 나와 직결되는 과거로 편집할 수 있을 것인가, 그것이 관건이 되는 순간이 기술 발전과 함께 다가 오고 있다.

> 미래 세계가 어떨지는 정확히 알 수 없지만
> 우리는 매 순간 더 낫다고 생각하는 어떤 세계를 지향했다.
> 세상에 없는 콘텐츠가 없는 것처럼 이미 콘텐츠는 차고 넘치는 것 같지만
> 그럼에도 시선을 끄는 것들은 언제나 새로이 등장하기 마련이다.

메타버스를 열 수 있도록 해 주는 힘, 그것은 우리 안에 이미 자리를 잡은 지 오래이다. 지금은 잠자고 있지만 기회가 주어지는 순간 폭발적인 힘을 발휘할 것이다. 현실과 예술, 음악과 춤, 드라마와 웹툰, 게임과 영화, 그리고 다큐와 보도가 함께하는 그 어떤 것과 더불어, 우리는 매 순간 새로운 무엇인가를 경험하게 될 것 같다.

어쩔TV

한동안 젊은이들 사이에서 '어쩔TV'라는 표현이 유행한 적이 있다. 상대와 말이 잘 통하지 않는다고 느껴질 때, 상대가 너무 꽉 막혔다는 느낌이 들 때, "아, 날더러 어쩌라고, 너는 TV나 봐!"라는 뜻으로 하는 말이라고 한다. '어쩌라고'까지는 이해가 되지만 왜 하필이면 'TV나 보라'는 걸까. 그만큼 TV가 낡고 시대에 뒤떨어진 미디어라는 것을 의미한다. 중고등학생, 나아가 초등학생들까지도 스마트폰으로 어른의 간섭 없는 자신만의 세계에 빠져들면서 생겨난 신조어인 셈이다.

젊은이들은 텔레비전에 대하여 이토록 부정적이다. 그도 그럴 것이 20세기만 하더라도 집안에서 텔레비전 장악 능력은 서열 관계를 그대로 드러냈다. 집안에서 권위가 높으면 높을수록 텔레비전 채널을 마음대로 선택할 수 있었다.

아침 드라마가 한창 인기를 끌던 시절만 하더라도 여성의 사회 참여 정도가 낮았다. 과거 가부장적 사회에서 저녁의 텔레비전은 순전히 남편의 것이었다. 엄마들은 식구들이 출근하고 등교한 후에 아침 텔레비전만을 온전히 누릴 수 있었는데, 이때 나왔던 것이 바로 아침 드라마였다. '김치싸대기'라는 실로 충격적인 장면(2014, MBC 아침 드라마 〈모두 다 김치〉)이 탄생한 것도 바로 이곳이다. 거실의 텔레비전에 대한 가정 내 민주화는 사회의 민주화만큼이나 더뎠지만, 스마트폰이 강력하게 지배하는 시대로 접어들면서 그 이슈는 까맣게 잊혔다. 물론 그 사이에 컴퓨터가 있기는 했지만 PC(personal computer)라는 이름과는 걸맞지 않게 집 안에서 개인별로 컴퓨터를 갖기란 쉽지 않은 일이었고, 결과적으로 컴퓨터 한 대로 이 사람 저 사람이 함께 쓴다는 측면에서는 텔레비전과 크게 다를 바가 없었다.

그런데 저마다의 손바닥에 뭔가를 선사하면서 텔레비전 민주화의 환상까지 일거에 해결해 버린 스마트폰과 더불어, 유튜브라는 강력한 매체가 곧이어 등장했다. 2005년 유튜브가 만들어지던 때만 해도 그 시작은 너무도 미미했지만 순식간에 창대해졌다. 처음에는 더벅머리 청년 셋이서 자신들 연애 이야기나 좀 알려 볼끼 하는 취지에서 만들어졌다. 하지만 너무나 대단한 속도로 텔레비전의 기능을 앗아가 버렸다고 해도 과언이 아닐 정도로 급성장했다. 그 시작은 더벅머리 세 사람 중 하나인 자웨드 카림이 동물원에 가서 코끼리 앞에 서서 찍은 '내가 동물원에서(Me at the zoo)'라는 보잘것없는 영상이다.

자웨드가 코끼리 앞에 서서 "이 코끼리가 멋진 것 같아요."라고 겨

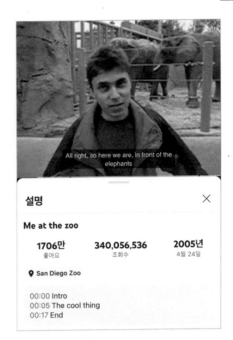

최초의 유튜브 영상 'Me at the zoo'
캡처 화면 (2024년 11월 13일 기준)

우 20초도 안 되는 짧은 시간 동안 이야기했을 뿐이다, 그것도 어눌하기 짝이 없는 말투로. '보잘것없음'은 청년의 특권이다. 아직은 별것 없다. 하지만 그럼에도 앞으로 나아갈 수 있다는 것은 청년의 또 다른 특권이다. 이 청년은 구글에 유튜브를 매각하면서 지금은 엄청난 재산을 자랑하지만 그의 시작은 미미하기 그지없었다.

하지만 사람들은 미미한 것에도 열광한다.

그가 올린 코끼리 이야기에, 다른 사람들도 뭔가를 이야기하기 시작했다.

코끼리에 대한 감상도, 자기 반려동물에 대한 이야기도
어차피 별것 없는 영상인데 별것 없는 이야기를 댓글로 다는 게 뭐 어때서!
그렇게 유튜브의 역사는 2005년 어느 날 조그맣게 시작되었다.
'당신을 위한(You) 텔레비전(tube)'이라는
알고 보면 참 별것도 아닌 이름으로 말이다.

똑같이 텔레비전에서 이름을 따왔음에도 불구하고, 미국에서는 유튜브인데 한국에서는 어쩔TV라는 말이 만들어졌다는 점은 무척 안타깝다. 우리가 모두 알고 보면 별것 없지만 그 속에서 위로와 위안을 서로 주고받을 때 텔레비전에서 유튜브 같은 것이 뚝 하고 만들어질 수도 있다. 반대로, 나만큼 잘나지 못한 당신은 텔레비전이나 보고 있어, 라고 생각할 때는 어쩔TV가 나온다.

언젠가 우리 속에서도 제2, 제3의 유튜브가 나오게 될 것이다. 중요한 것은 함께 공감하고 표현할 수 있어야 한다는 점이다. 나는 나, 너는 너, 이런 마음 가짐으로는 그 무엇도 이루기가 어렵지 않을까.

그러고 보니 TV나 보고 있는 거, 그것도 나쁘지 않은데… 어이, 같이 보자구!

유튜브는
텔레비전의
충실한 스핀오프

오랫동안 들어 왔듯 오늘날 텔레비전은 그 자체로 위기이다. 그럼에도 텔레비전은 언제나 한 발짝 앞서(one-up) 있었다. 특히 한국의 텔레비전은 단순한 예능이나 연예를 뛰어넘어 심지어 고등교육 역할까지 일정 부분 소화해 내며 아무것도 없었던 한국 사회를 단시간에 일으켜 세우는 데 이바지했다. 이렇게 대단한 일을 했던 한국의 텔레비전이 보여 준 미덕과 저력은 지금 너무나 저평가되어 있다. 그런데 이런 텔레비전을 삼프로tv, 한문철tv, 옛날티비 등의 이름으로 오마주하는 곳이 있다. 바로 텔레비전을 위협하는 대표자 격인 유튜브 말이다.

  한국 문화의 많은 부분은 해외에서 먼저 인정받고 국내에서는 시간이 한참 흐른 후에야 그 가치에 새롭게 눈뜨며 성장을 거듭했다. 한국 텔레비전에서는 예능과 교육이 접목되는 전례 없는 문화가 계속 새로운 포맷으로 만들어지고 있다. 그런데 한국의 교육은 늘 걱정거리가 아니었던가. 한국 텔레비전의 놀라운 점은 바로 여기에 있다.

텔레비전이라는 물질 생산의 시작은 한국이 다른 나라들에 크게 뒤졌다. 한국 최초의 금성사 19인치 텔레비전은 돌리는 손잡이를 틀어서 몇 개 되지도 않는 채널을 선택하는 방식이었다. 디자인도 무척이나 단순했다. 요즘은 음성 지원이나 리모컨으로 텔레비전을 조종한다. 그러면서도 굳이 '텔레비전을 틀다'라는 표현을 아직 사용하는 데는 초창기 텔레비전의 모습이 그랬던 영향이 있을 것이다.

그 이후에는 캐비닛처럼 텔레비전 수상기 앞에 문이 달려 있어 텔레비전을 시청할 때는 문을 열고 텔레비전을 보지 않을 때는 닫아 놓는 모델이 한동안 인기를 끌었다. 1970년대에는 텔레비전 수상기가 상당히 보급되었는데, 친구들 집에 가 보면 텔레비전 캐비닛 문을 닫아 놓았을 뿐만 아니라 거기에 자물쇠를 채워 놓는 경우도 있었다. 아이들은 함부로 볼 수 없는, 어른들을 위한 것임을 의미한다. 동시에 아껴야 하는 귀한 물건이라는 뜻이기도 했다. 어느덧 지금 한국은 세계 최고의 텔레비전 기기를 생산해 내는 나라가 되었다. 최고의 텔레비전 문화를 만들어 낸 시청자들에게 너무나 어울리는 훈장 아닐까.

1970년대만 하더라도 세계 많은 국가의 청소년들에게는 재미있는 것이 별로 없었다. 텔레비전 보급이 빨랐던 국가의 청소년들과는 사정이 매우 달랐다. 텔레비전이 있기는 했지만 별로 재미있는 프로그램이 없었던 사회주의 국가에서는 출간물은 검열로, 신문은 공산당 기관지로, 라디오도 영화도 연극 역시 정부 통제하에 있는 경우가 많왔다. 심지어 밴드가 허가 없이 연주하는 것도 불법이었다. 이런 상황에서 청소년기를 보냈으나 이들이 성장하여 어른이 된 후에는 유튜브에 예사로이 접근 가능해진 사례가 세계적으로 많다. 이들에게 유튜브란 무엇인가. 그것은 미디어 산업이 가져다준 진정한 자유이다. 그래서 엔터테인먼트의 정의까지도 바뀐다. 결과적으로 뷰티 브이로깅, 비디오게임 해설, 상품 후기까지, 완전히 새롭고 어른들에게는 이해하기도 어려운 콘텐츠들이 점점 더 인기를 끌게 되었다.[35]

한국적인 엔터테인먼트인 '한류'가 주목을 받은 데는 한국의 언어역시 한몫했다. SM엔터테인먼트는 세계 각국의 작곡가, 작사가, 안무가, 비디오 디렉터 등을 모아 네트워크를 구성하고 정기적으로 해외인력을 한국으로 초청해 라이팅 캠프(writing camp)를 개최한다. 우리가 잘 알고 있는 SM의 창립자 이수만 씨는 프로듀싱 본부에서 시장과 소비자 트렌드를 분석하고 A&R(Artist and Repertoire, 아티스트 발굴 및 음반 기획, 제작 총괄자) 팀에서 각 아티스트에게 어울리는 노래를 선별, 제작하는 일을 담당했다. 프로듀싱 본부에서 비주얼 퍼포먼스를 총괄하며 뮤직비디오 제작과 무대 퍼포먼스를 책임지고, 무대 의상도 전략적으로 준비하는 동안 A&R 팀은 가수의 콘셉트에 가장 어울리는 노래를 찾기 위해 매일같이 전 세계 작곡자, 작사가의 노래를 수천 곡씩 다운받아 분석한다고 밝힌 적이 있다.[36] 한국이라는 나라를 넘어 동서양 인재들이 음악이라는 공통의 언어를 선택하고 개별 언어의 장벽을 뛰어넘어 노래 한 곡을 위해 1년이 넘는 기간을 쏟아붓는 것, 이것이 아마도 K-pop이 유튜브에서 크게 성공할 수 있었던 토대였을 것이다.

그런데 어떤 부모님들은 아이가 유튜브만 보고 있는 것이 너무 두렵다고 한다. 가끔이라도 좋으니 차라리 거실에서 어른들과 함께 텔레비전을 보았으면, 하고 생각한다는 것이다. 텔레비전에는 원래 광장의 기능이 있다. 한국의 텔레비전은 사적 이득을 압도할 수 있는 공적인 부분을 특히 잘 키워 왔다. 적어도 최근까지는 그랬다. 이런 공식이 깨어질 것인지, 중요한 기로에 서 있다.

> 텔레비전의 스핀오프는 지금도 끊임없이 확장 중이다.
> 사실 유튜브와 같은 강적이 생겨났기 때문에
> 텔레비전은 할 일이 더 많아지고 있다.
> 물론 지금 당장은 재정난에 인력난까지 감당해야 하는
> 어려운 상황에 놓여 있지만 말이다.

자신의 스마트폰으로 사진이나 영상을 찍거나 음악을 다운받아 듣고 있을 어린 친구들 중에서 결국 가장 유명한 기획자도 엔터테이너도 나올 것이다. 지금은 별로 영양가도 없어 보이는 콘텐츠를 보고 있지만, 이들은 나중에 그 누구보다 예리한 시청자가 될 것이다.

그래서 말인데, 텔레비전은 아직 살아 있다. 이들이 언젠가 찾아 주기를 기다리며. 그리고 이들이 완전히 새롭게 바꿔 주기를 기다리면서.

뉴클래식,
텔레비전

〈놀라운 토요일〉(2018~, tvN)에는 드라마 장면만 보고 대사를 맞히는 코너가 있다. 단어 몇 개만으로는 어림도 없다. 심지어 문장 부호까지 맞혀야 하는 고난도 문제이다. 아무리 예능 프로그램이지만 이런 문제를 출제한다는 것은, 단순한 재미 차원을 넘어 드라마 명대사 몇 개쯤은 누구든지 알고 있어야 한다는 것을 전제로 한다. 이쯤 되면 드라마 명대사를, 어떤 어려움도 인내한다는 뜻으로 사용하는 '절치부심', 하는 수 없이 수하에게 벌을 내려야 할 때에 쓰는 '읍참마속'과 같이 척 하면 튀어나오는 고사성어, 『맹자』의 '항산이 없으면 항심도 없다', 『성경』의 '가이사의 것은 가이사에게'와 같은 고전 명언에 버금가는 가치로 인식하고 있는 게 아닐까.

어떤 민족에게는 그들만의 고전, 즉 클래식이 자리 잡고 있다. 유대인들에게는 『타낙』(유대교 성경), 중국인들에게는 사서삼경이 있다. 어디 그뿐인가. 셰익스피어 작품에서 『해리포터』에 이르기까지 전 세계에 영어 열풍을 앓게 한 영어 소설 또한 클래식의 연장선에 있다고 볼 수 있다. 어떤 문화권은 바로 이 클래식의 정통성 내지는 주도권이 누구에게 있느냐를 두고 처절한 싸움을 벌이기도 한다. 종주권이 정확하게 확인되어야만 그 문화권에서 진행하는 법령도 교육도 행정권도 나아가 파생 산업도 그만큼 가치를 인정받을 수 있기 때문이다.

한국의 도서 시장에서 해마다 빠지지 않고 등극하는 베스트셀러에 『성경』과 『논어』가 있다고 한다. 사후 70년까지 보장해 주는 저작권의 특성 때문에 『성경』이나 『논어』에 대해서는 로열티를 지불할 필요가 없다. 그러니 누구든 이에 대하여 책을 자유로이 펴낼 수 있다. 사람들은 책을 읽는 데서 나아가 예루살렘으로 성지 순례를 가며, 공자의 묘가 있는 취푸까지 굳이 찾아간다. 셰익스피어 관련 연극은 전 세계에서 막이 오르고 있지만, 그럼에도 사람들이 굳이 런던을 찾아가 셰익스피어 연극을 보고자 하는데 그 심리는 무엇일까.

영화와 책으로 큰 성공을 거둔 『해리포터』는 어쩌면 영어 소설로 맥을 잇는 클래식 전통의 수혜자가 아닐까. 오늘날 집에서 텔레비전으로도 편하게 충분히 향유할 수 있는 '해리포터'가 되었음에도 제작사인 워너브라더스에서 굳이 그 배경이 된 런던을 부각하는 이유를 짐작할 수 있다. 클래식의 힘이란 장소와 결합되었을 때 더욱 강하게 발휘되기 때문이다.

예전 클래식은 종이에 머물러 있었다. 그래서 책의 형태로 유통되었다. 오늘날 한국을 방문하는 외국인들 중에 한글의 우수성에 대해서 엄지를 들어 올리는 사람들이 많지만, 이들 중 한국어로 된 책을 들고 오는 이들이 과연 얼마나 있을까. 한국을 찾는 외국인들은 대부분 영상으로 한국을 접한다고 한다. 이들은 영상을 시청한 후, 한국의 매력에 빠졌다고들 한다. 한국의 음식에 관심이 있다는 사람들도 있다. 이들 중에는 직접 먹어 본 것이 아니라 영상을 통해서 한국 음식을 접한 경우가 많다. 영상에서 생전 보지 못했던 음식이 펼쳐졌을 때 느끼는 호기심, 나아가 내가 좋아하는 배우나 아이돌이 먹는 음식을 보고 나도 먹어 보고 싶다는 마음이 생겨나는 후광 효과가 나타난다.[37] 오죽하면 '먹방'이라는 단어가 옥스퍼드 사전에 등재가 다 되었을까.

숱한 영상물을 통해서 외국인들은 한국의 문화를 보다 손쉽게 받아들인다. 한국 텔레비전에서 비롯된 한류가 여기에 확실히 큰 공헌을 했다. 한국의 지난 세대는 마음이 급한 따라쟁이(fast follower)로서 선진 문화를 수입하는 데 바빴다. 이들은 주로 책을 통해서 선진 문물을 흡수했다. 철학 서적, 법학 서적, 과학 서적, 소설책, 심지어 『성문 종합영어』까지도 이들에게는 큰 선물이었다.

그러다 책이 아닌 다른 매체가 나타났다. 봄날의 꽃잎처럼 하늘거리며 들어와 가슴이 벌렁거리게 만든 그것은 바로 라디오였다. 팝송 가사를 잘 알아들을 수는 없었지만, 그 리듬만큼은 옆 사람도 그 소리를 들을 수 있을 만큼 젊은이들의 심장을 뛰게 하기에 충분했다. 영화관 또한 최고의 문화 공간이었다. 영화 한 편이 주는 효과는 어마어마했다. 가수 이문세 씨는 명곡 〈조조할인〉에서 "그 시절 그땐 그렇게 갈데가 없었는지 / 언제나 조조할인은 우리 차지였었죠 / 돈 오백 원이 어디냐고 난 고집을 피웠지만 / 사실은 좀 더 일찍 그대를 보고파 / 하지만 우리 함께한 순간 / 이젠 주말의 명화 됐지만"이라고 열창한다. 소설에서 영화로, 그것이 다시 텔레비전으로 옮겨 가는 클래식 전파의 매체 변화를 보여 주는 사례이다.

최근 한류는 그 시작 자체가 텔레비전이다.
우리가 한 세대 전에 텔레비전에서 보았던 AFKN은
그야말로 영상으로만 문화를 전달했다.
당시에는 번역도 자막도 없었다.
뻔히 보이는 화면을 앞에 두고
둘러앉은 시청자들의 집단 상상력이
미국 문화를 이해하는 데 절대적으로 필요했다.

할머니도, 손자도, 일자무식도, 나름 배웠다는 사람도, 모두 한마음으로 한자리에 모여 있어 선진 대중문화 평가단이 되었다. 시청자가 집단 비평가 집단이 된 이 독특한 문화는 한 세대 후에 또 다른 새로운 문화를 만들어 낸다. 새로운 영상 문화 위에 자신의 목소리를 입힌다. 나아가 자신의 목소리를 내기 위해 새로운 영상 문화를 직접 만들어 내기 시작했다. 외국의 젊은이들이 지금 보고 있는 한국 영상은 이런 무두질을 거친 결과물이다. 마치 검 하나를 만들기 위하여 수없이 두드리고 불과 물을 오가며 담금질하는 대장장이와 같은 고난의 시간이 필요했다.

외국인들은 한국 영상을 좀 더 잘 이해하기 위하여 한국어를 배우고, 한국을 찾아오고, 한국을 경험하고자 한다. 관광 수입에 물론 영향을 주고 있을 것이다. 하지만 그것보다 더 중요한 점이 있다. 다름 아닌 뉴클래식의 서막이 지금 이곳에서 시작되고 있다는 점이다.

값을 지불하시오,
제대로 즐기려면

〈수사반장〉(1971~1989, MBC)은 한국의 간판 드라마 중 하나이다. 이 드라마가 나오기 전에 미국 드라마 〈형사 콜롬보〉가 한국에서도 방영되어 크게 인기를 끌었다. 요즘 같으면 범죄 수사 드라마라 하면 '과학수사대'로 잘 알려진 CSI(2000~2016, CBS/NBC) 시리즈 등이 바로 떠오를 것이다. 이 CSI 시리즈가 2000년부터 본격적으로 나오면서 범죄 드라마의 획기적인 변화가 시작되었다. 그러다 보니 시청자들의 수준이 높아져 버렸다. 그래서 〈수사반장〉은 옛날 버전 그대로가 아니라 〈수사반장 1958〉(2024, MBC)이라는 이름으로 새로 제작되었다. 이와는 달리 〈전원일기〉(1980~2002, MBC)는 예전 버전 그대로 현재 텔레비전에서 즐길 수 있다.

　〈전원일기〉는 20세기에 시작하여 21세기 밀레니엄을 넘어서까지 큰 사랑을 받은, 총 1,088부의 실로 방대한 규모를 자랑하는 드라마이다. 도시화가 급격히 진행되면서 연세 드신 분들에게는 옛날에 대한 진한 향수를, 젊은 세대에게는 새로움 그 자체를 선사할 것이다. 그뿐만 아니라 배우 최불암, 김혜자, 정애란, 김수미, 김용건, 고두심 씨 등 출연진만 하더라도 대단하다. 아직도 이들을 사랑하고 기억하는 탓에 이 드라마를 다시 보고 싶어 하는 사람들도 많다. 이 드라마를 IPTV에서 편당 결제하면 약 2,200원이 든다. 누군가 1회부터 마지막 회까지 모두 편당 결제를 한다면 230만 원이 훌쩍 넘는 셈이다. 아무리 〈전원일기〉를 좋아한다고 해도 이렇게까지 돈을 쓰고자 할 사람은 없을 것이다. 그래서 결국 대체로 월 2만 원 선에서 채널 월정권 같은 것을 구매해서 볼 것이다. 230만 원보다는 훨씬 저렴하지만, 아무튼 텔레비전에서 뭘 보더라도 TV 수신료만 내면 다 공짜였던 시절을 떠올려 본다면 2만 원이라 해도 격세지감을 느끼지 않을 수 없다.

IP라고 하는 것이 있다. IPTV에서처럼 IP라고 하면 예전에는 인터넷 프로토콜(Internet Protocol)을 가리키는 경우가 대부분이었다. 하지만 요사이 방송가에서 IP라고 하면 거의 대부분은 지식재산권 또는 지적재산권을 뜻하는 IP(intellectual property)를 가리킨다. IP, 즉 지식재산권은 사람이 창조적 활동이나 경험 등을 통해 만들어 내는 창작물과 거기에서 발생하는 자산에 관한 권리라 할 수 있다.

세상에 공짜를 싫어할 사람은 없을 것이다. 21세기에 막 접어들었을 때, 한국에서는 이른바 '무가지'라는 이름의 신문들이 우후죽순 생겨나 유통되기 시작했다. 그전까지만 하더라도 신문사 취직은 그야말로 '언론 고시'의 꽃이라 할 만큼 대단했다. 요즘과 비교한다면 그 위상이 정말 대단했다. 그런데 《메트로》, 《포커스》 등의 무가지들이 생겨나면서 신문사의 위상에는 조금씩 금이 가기 시작했다. 2004년, 나는 서울대에서 강의를 하면서 학생들이 무가지를 들고 다니는 것을 종종 볼 수 있었다. 신문을 사서 보는 대신 무가지가 더 좋으냐고 학생들에게 질문했더니, 학생들은 돈이 들지 않으니 당연히 더 좋은 것 아니냐고 이구동성으로 말했다. 그런가. 그렇다면 여러분들에게 이제 신문사나 방송국이라는 직장은 더 이상 생각할 수 없는 곳 아닌가, 월급을 못 받을 텐데, 라고 다시 질문했을 때 학생들은 얼굴에서 웃음기가 사라지며 고민에 빠진 듯했다. 그렇다. 소비자일 때는 공짜가 좋지만 직업을 가져야 하는 입장이 되면 다른 이야기가 된다. 이제는 휴대폰으로 뉴스를 검색할 수 있어 이 무가지들조차도 어느새 소리 없이 사라져 버렸다. 공짜라서 좋아했던 그 무가지가, 회복이 불가능할 정도로 언론 생태계가 타격을 입는 데 영향을 주었음은 틀림없다.

한국에서 무료 다운로드, 불법 다운로드가 성행했던 시절이 있었다. 지금은 불법을 용납해서는 안 된다는 생각이 누구에게나 보편적으로 자리 잡았다. 그렇기 때문에 불법 다운로드를 처벌한다고 해서 너무하다고 생각하는 사람은 적어도 한국 사회에는 없을 것이다. 어느새 이만큼 성숙한 사회에 살고 있는 사람들이 된 것이다.

텔레비전은 이제 죽었다, 라고 그동안 얼마나 많은 사람들이 이야기해 왔는가. 방송 출연자들은 더 이상 필요 없을 것이니 이제 모두 굶어

죽을 거라고, 텔레비전을 보고 있을 시청자는 없다고, 우리는 얼마나 오랫동안 들어 왔던가.

그래서 사람들은 이제 책만 보는가?
사람들은 바다로 강으로 동굴 같은 자연의 품으로 돌아가
더 이상 아무 화면도 보지 않게 되었는가?
아이들은 삼삼오오 놀이터에 모여 즐겁게 놀이를 하거나 노래를 부르는가?
가족들은 서로 모여서 다정한 위로를 주고받는가?
학교는 배움의 기쁨으로 가득 차 있는가?
마을이 살아 있고, 어른들은 공경받는가?
친구를 만나 두런두런 이야기를 주고받으며
지친 어깨를 두드려 주는가?

아니다. 하지만 이 모든 것이 변화할 동안 텔레비전은 겨우 명맥을 유지해 왔으며, 완전히 사라지지 않기 위해서라도 변화를 추구해 왔다. 텔레비전 지상파 방송을 가장 위협하는 존재 중에 OTT 서비스가 있다. OTT는 말 그대로 'Top(셋톱박스)을 넘어'라는 뜻으로, 기존에는 셋톱박스라는 하나의 플랫폼에 종속되었지만 이런 방식에서 벗어나 데스크톱, 스마트폰, 태블릿 컴퓨터, 콘솔 게임기, 스마트TV 등 여러 곳에서 서비스한다는 뜻을 담고 있다. 온라인 동영상 서비스로 불리는 경우도 많다. 코로나19로 인해 이것의 힘은 더욱 막강해졌다.

코로나19는 이름과는 달리 2020년에 본격적으로 그 정체를 드러내기 시작했다. 이때 세상의 많은 것들이 변화한 만큼 텔레비전에서도 그즈음에 큰 변화가 일어났다. 코로나19로 인하여 마음대로 바깥에 나갈 수도 없고 다른 사람들과의 대면 접촉이 철저히 제한된 상태에서 OTT 서비스 이용률이 크게 늘었다. 이와 동시에 콘텐츠 수요 또한 폭발적으로 상승했다. 그리고 그만큼 불법적인 사례도 슬금슬금 생겨났다. 대표적인 예로, 넷플릭스의 〈오징어 게임〉은 코로나19 당시 중국에서 넷플릭스가 정식으로 서비스되지 않았지만 중국 대부분 지역에서 다운로드가 가능할 정도로 불법이 성행했다.

1995년부터 2022년까지 뻗치는 성장세로만 일관했던, 특히 코로나19의 혜택을 가장 많이 받았다고 평가되었던 넷플릭스만 하더라도 그 영광이 계속될 것 같았지만, 코로나19의 유행이 꺾이기 시작하면서 영광의 자리를 위협받고 있다. 연신 고점을 향해 달려가던 넷플릭스의 유료 구독자 증가 수치가 2022년 4월 말이 되자 10년 만에 처음으로 마이너스를 기록하고(구독자 수가 전년 대비 2억 2,164만 명으로, 20만 명 감소), 넷플릭스 주식 가치는 6개월 동안 70퍼센트 이상 폭락하기도 했다. 6월 말 실적 발표에도 200만 명 이상의 가입자 이탈이 예상되어 침울한 상황을 예고했다.[38] 그러나 그렇다고 해서 OTT가 지금쯤 모두 문을 닫았는가 하면 아니다. 넷플릭스의 최고 주가는 아직 나오지 않았다.

OTT와 텔레비전 지상파는 여전히 묘한 경쟁 관계에 놓여 있는 동시에, 지상파와 온라인 동영상 서비스(OTT)의 콘텐츠 제작 협력은 증가하고 있다. 김태호, 나영석, 이명한 같은 각 방송사의 간판 스타급 PD들이 지상파를 떠나 본격적으로 OTT에서 제작을 시작한 지도 꽤 시간이 흘렀다. 이들은 지상파를 버린 것이 아니다. 다만 이들의 선배들과는 달리 자신들이 원하는 콘텐츠를, 그 내용을 담기에 적합한 플랫폼을 선택했을 따름이다. 그래서 양쪽을 자유로이 넘나들기도 한다. 넷플릭스에서 방영된 예능 프로그램인 〈피지컬 100〉은 MBC에서 시사교양을 맡았던 장호기 PD가 맡았다. 역시 넷플릭스에서 방영된 다큐멘터리 〈나는 신이다〉는 우리나라의 대표적인 시사 프로그램인 〈PD 수첩〉을 연출했던 조성현 PD가 연출을 맡았다. MBC가 제작에 참여했다는 점도 의미심장하다. 지상파와 OTT의 세계는 비슷한 모습을 한 서로 다른 꿈이다. 그뿐만 아니라 이제 기술의 발전으로 이 둘을 모두 텔레비전에서 편안하게 즐길 수 있는 시대도 열렸다.

모두 느끼고 있듯이 코로나19의 대유행에 따라 가속화된 비대면 접촉과 디지털화로 우리 일상도, 산업도 크게 변화하고 있다. 그런데 이와 동시에 지식재산권을 침해하는 유형과 구체적인 사례도 점차 다양해지고 있다. 세계 각국에서 지식재산을 보호하려는 노력을 기울이고 있다. 그러나 저작권자의 허락 없이 저작물을 이용하거나 혹은 정당한 권한 없이 타인의 특허 발명을 사용하는 등의 지식재산 침해 사례 또한 여전히 증가하고 있다. 경제협력개발기구인 OECD와 유럽 지식재산청(The European Union Intellectual Property Office, EUIPO)의 조사에 따르면, 2019년을 기준으로 침해된 지식재산 무역수지는 세계 무역수지의

2.5퍼센트로 추산된다. 이 가운데 유럽으로의 수입은 전체 수입의 5.8 퍼센트(약 1,190억 유로, 한화 약 160조 원)나 된다고 한다. 게다가 유럽처럼 권리에 예민한 곳에서조차 일부 국가에서는 영화, 음반, 게임 등과 같은 디지털 콘텐츠의 저작권 침해를 비롯하여 약 6,600만 개의 위조 상품이 2020년에 압수되었다고 한다.[39]

이는 앞으로 이 분야에서 정말 할 일이 많다는 것을 의미하기도 한다. 콘텐츠를 만드는 것은 물론, 법률, 행정 절차, 기술, 교육, 소비, 서비스 등, 지금까지 우리가 '산업'이라 이름 붙였던 자동차나 반도체 못지않은 거대한 사업이 바로 우리 눈앞에 있다는 것을 뜻한다. 현재 대중 음악계 종사자들에 대한 저작권 보호 양상은 영상물보다 훨씬 명확하다. 〈벚꽃 엔딩〉은 장범준 씨의 연금, 〈어떻게 이별까지 사랑하겠어, 널 사랑하는 거지〉나 〈시간과 낙엽〉이 악동뮤지션의 연금이라는 이야기도 바로 저작권과 관련이 있다. 이것은 불과 한 세대 만에 일어난 엄청난 변화이다.

나의 오빠는 배우가 되기 전인 20대 초반에 MBC '영스타즈'라는 댄서단 2기생으로 들어가서 각종 쇼와 오락 프로그램의 백댄서로 활약한 적이 있다. 그러면서 자연스럽게 음악 하는 분들과 자주 만났다고 한다. 그런데 당시만 하더라도 음악을 하는 사람들 사이에 톱 가수가 아니면 수입이 너무나 불확실하다는 생각이 팽배해 있었다. 그래서 대단한 재능을 가졌음에도 가수를 포기하는 사람들이 많았다고 한다. 지금 같으면 상상도 못할 일이다.

미국의 영상 산업이 흥성할 수 있었던 데는 계약서의 힘이 크다고 한다. 영화나 드라마 마지막에 줄줄이 올라오는 길고 긴 리스트는, 잘 작성된 계약서를 관객들과 공유하는 것과 마찬가지이다. 창작과 관련된 개개인의 권리를 보호할 수 있도록 더 많이 고민해야 할 것이다. 이미 음악계에서 일반화된 지식재산권은 점차 영상 방면으로도 확대되고 있다.

세상은 얼마나 빠른 속도로 변화하고 있는가. 자율주행 자동차와 사람이 타는 드론이 상용화되는 시대가 도래한다는 것은 더 많은 콘텐츠가 필요할 것임을 뜻한다. 예전에 잘 만들어 놓은 드라마 한 편이 잊고 살았던 연금이 되어 돌아오는 시대는 이미 열렸다.

아버지의 아들,
시청자의 아들

예전에는 프로그램을 제작하는 방송국이 있고 그 속에 스튜디오가 있어서, 방송국에서 제작과 송출을 모두 담당했다. 방송국은 그 자체로 하나의 방송 왕국이었던 셈이다. 지금은 여의도라고 하면 국회의사당과 금융기관부터 떠오르겠지만, 불과 지난 세기만 해도 많은 사람들에게 여의도는 방송국으로 기억되었다. SBS가 목동으로 이사 가기 전까지만 해도 방송국들이 여의도에 옹기종기 모여 있었고,[40] 방송 제작자들이나 연예인들이 방송 촬영을 위해 모두 여의도로 향했을 뿐만 아니라 방송을 직접 보기 위해 많은 사람이 자연스럽게 여의도를 찾았다. 좋아하는 가수들의 무대를 보기 위해 찾아온 시청자들이 방송국 앞에 길고도 길게 늘어선 광경을 보기란 어렵지 않은 일이었다. 지금은 어림도 없는 이야기이다. 제작은 이미 너무나도 다양한 곳에서 이루어지며, 시청자들이 방송을 보기 위해 방송국을 찾는 것이 아니라 요즘은 오히려 텔레비전이 부지런히 시청자들을 찾아다닌다. 누가 오기를 마냥 기다리다가는 결국 아무도 오지 않을 것이기 때문이다.

　방송은 흔해졌고 제작은 쉬워졌다. 직업인으로서의 방송인이 되기 위해, 예전처럼 누군가가 나를 낙점해 주기를 기다리지 않아도 된다. 예전에는 PD의 권력이 그야말로 절대적이었다. PD에게 발탁되지 않는다면, 아무리 열정이 있고 재능이 넘쳐나도 방송국에 발을 들일 방법이 없었다. 방송국에 갈 수 없다면 연예인이 될 수 없었던 시절이 있었다. 오죽하면 예전에는 '언더'라는 표현이 있었겠는가. 활동은 하고 있지만 방송에서 아직 발굴하지 못했다는 뜻이었으니까. 그래서인지 요즘은 방송가에서 얼굴을 드러내지 않았다는 의미에서 누군가를 '언더'라고 부르는 일이 드물다. 같은 아이돌처럼 보이지만 일본은 '언더그라운드 아이돌' 형식으로 아이돌 성장 서사를 만들어 온 반면, 한국은 혹독한 연습을 통해 상대적으로 완성된 모습의 아이돌로서 무대에 선다는 점에서 차이가 있다. 결국 지금의 우리에게 '언더'란 상당히 낯선 어떤 것이 되어 버렸다.

> '언더'라는 말 속에서 물씬 풍겨 나는 '반항'이라는 단어는
> 젊음과 함께 쓰였을 때
> 고통스러우리만큼 아리고 매운 맛도 감칠맛으로 순치된다.
> 반항, 그것은 앞을 알 수 없고 두렵기만 하지만
> 그 세대에 겪고 빠져 나와야만

원하는 목표 지점으로 순항할 수 있도록 해 주는 터널이 아닐까.

 나 역시 반항 아닌 반항을 나름대로 꽤 했다. 아버지는 안정적인 직업을 가질 수 있는 전공을 택하기를 몹시 바라셨다. 자식을 사랑해서 그러셨음이 틀림없다. 하지만 나는 아버지께서 바라는 그 길에 관심이 없었다. 내가 바라는 것이 있었지만 그것은 한때의 관심 정도로 번번이 무시당했다. 그래서 정말 전공을 선택해야만 하는 결정적인 순간에 나는 그것을 아버지께 순순히 말씀드릴 수 없었다. 내가 중앙대학교 연극영화과에 입학했을 때도, 우리 아이는 그런 곳에 가지 않을 것이라며 부인하셨다.

 그래도 나는 운이 좋아 데뷔가 매우 빨랐던 편이다. 김정옥 교수님이 영화 〈바람 부는 날에도 꽃은 피고〉에 발탁해 준 덕택에 너무나 대단한 선배님인 박정자, 박웅, 유인촌, 이혜영, 손봉숙, 김지숙, 오영수, 윤복희, 손숙 같은 분들, 그리고 유현목 감독, 정일성 촬영 감독, 이병복 무대 미술가 같은 대가들과 함께할 수 있었다. 신인으로서 내가 맡은 역할의 비중이 크지는 않았지만, 나에게는 일생일대의 큰 사건이었다. 아버지는 이 영화도 보러 가지 않으실 것 같았다.

 최근 부모님들의 건강이 많이 나빠지면서 거처를 옮겨 드려야 했는데, 짐을 정리하면서 두 개의 가족사진을 발견했다. 하나는 우리 식구들과 찍은 것이고, 또 하나는 방송 촬영 중에 찍은 것이었다. 드라마 〈하나뿐인 당신〉(1999, MBC)에서 할아버지(김인태), 할머니(정혜선), 고모

할머니(박주아), 아버지(백일섭), 엄마(김윤경), 장녀(김희애), 큰아들(변우민), 작은아들(유오성), 차녀(김현수)가 함께 촬영한 것이었다. 이 사진이 오히려 진짜 내 가족사진이라고 해도 다른 사람들이 믿을 것만 같다는 느낌이 들 정도로 자연스러웠다.

요즘 직장에서 "가족처럼!"이라는 말을 쓰면 안 된다는데, 내 경우에는 방송을 하는 것이 너무나 소중했다. 여느 집이든지 아버지와 아들 사이에는 어느 정도 경직된 기류가 있기 마련이고, 나 역시 아버지가 어렵고 무서웠다. 어쩌면 이런 긴장감 때문에라도 방송에서 다른 누군가의 아들로 오히려 쉽게 자리 잡았던 것 같다. 얼마 전 〈박원숙의 같이 삽시다〉(시즌 3, 2021~, KBS)에 게스트로 출연했을 당시에도, 예전에 박원숙 선배님의 아들로서 드라마에 출연했던 것(〈아파트〉, 1995~1996, MBC)이 이야깃거리가 되었다. 선배님은 직접 제육볶음을 차려 주며, 정작 진짜 아들한테는 밥 한 번 해 준 기억이 없다고 하셨다. 어쩌면 우리는 단순한 배우 한 사람으로서 연기를 하는 것에 그치는 것이 아니라 그것을 뛰어넘어 내가 현실 세계에서 정말 하고 싶었으나 차마 이루지 못했던 어떤 것에 진심을 담아 또 다른 현실처럼 구현해 내고 있는 것은 아닐까.

어머니는 텔레비전에서 아들을 봤다며 종종 좋아하시지만, 아버지는 텔레비전에서 나를 봤다 해도 티 내지 않으신다. 하지만 말씀 없이 보신다는 것이다. 얼마 전에 우연히 들은 이야기인데, 아버지가 어느 날 퇴근길에 내가 처음으로 출연했던 영화를 혼자 보고 오셨다고 한다. 과묵하고 말수가 별로 없으셨던 아버지, 아들을 사랑하셨으나 어떻게 표현해야 할지 모르셨던 아버지로서는 최고의 애정 표현이 아니었을까. 나는 그렇게 어느새 아버지의 아들인 동시에 극 중 아들이자 시청자의 아들이 된다.

텔레비전이
우리 놀이터

지금은 출생률이 점점 낮아져서 아이들이 노는 떠들썩한 소리를 동네에서 듣기가 어려워졌다. 아이들도 예전처럼 좀체 모여서 놀지 않다 보니 그런 문화 자체가 낯설어졌다. 베이비붐 세대들이 어렸을 때는 동네에서 삼삼오오 모여 구슬치기, 딱지치기, 무궁화꽃이 피었습니다, 우리집에 왜 왔니, 오징어 게임 같은 놀이를 해 가며 놀았다. 놀다 보면 엿장수나 번데기 장수가 출현하기도 하고 또 '뽑기'의 유혹이 들이닥치기도 했다.

동네에서 아이들 노는 소리를 마지막으로 들을 수 있었던 것이 언제였을까. 영상이 실내로 아이들을 끌어당기기 시작하면서 이 소리는 차츰 잦아들었다. 그렇다면 우르르 몰려다니며 놀던 것은 X세대가 마지막이었다고 봐야 할 것이다. 당시로서는 이해하기 어렵고 알 수 없는 세대였다. 그래서 이들에게 이런 이름이 붙여졌다.

《다정한 개인주의자》의 저자 김민희는 이들 X세대를 '다정한 개인주의자'로 이름 붙인다. X세대는 조직력을 모아 함께 무언가를 만들어 내는 데는 약했지만 각자의 창의력으로 새로운 세상을 열어젖히고, 특유의 긍정성과 자유분방함을 겸비한, 개인주의자 첫 세대로서 나다움과 개성을 추구하며 자기만의 색채를 그려 가며 훗날 세계인의 주목을 받는 K-컬처의 기반이 되었다. 또 윗세대와는 달리 있는 자리를 차지하려는 '자리 뺏기' 싸움에서 벗어나 자기만의 의자를 문화로 만들어 나가기 시작하고, 원하는 것을 이루고야 말겠다는 목표 관성 때문에 이룰 수 없는 꿈을 향해 무모하게 돈키호테처럼 돌진하는 이들이다.[41] 이들의 또 다른 중요한 특징은 바로 텔레비전 키드라는 점이다.

그전에는 아이들에게 놀 공간이 별도로 주어지지 않았다. 집, 도로, 일터, 공공장소… 온통 세상은 어른들의 공간이었고, 아이들은 자신들의 공간을 어떻게든 비집고 찾아내야만 임시 놀이터라도 마련할 수 있었다. 그래서 동네의 공터가 주로 놀이터였다. 하지만 X세대는 달랐다. 한마디로 이들에게는 자신이 문화를 향유할 수 있는 공간이 허용되었다. 텔레비전이라는 물건이 생겨나고 이것이 집에서 번듯하게 공간을 차지했을 때, X세대 특유의 문화 감수성은 찌릿찌릿 전기를 타면서 조용히 자라나고 있었다.

한국 최초의 텔레비전인 금성사의 VD-191은 1966년에 딱 50대가 출시되었다. 앞서 얘기한 것처럼 우리 집에 그중 한 대가 있었는데, 디

한국 최초의 텔레비전, 금성사의 VD-191
(출처: 국가유산청 국가유산포털)

자인이 하도 세련되어 나는 이 텔레비전에 대한 애정이 아직도 크다. 계속 갖고 있었더라면 좋았겠지만 아쉽게도 그럴 수 없었다. 1980년 대에 한국에서 컬러텔레비전이 본격적으로 생산되면서, 이 VD-191 텔레비전을 가져오면 무료로 컬러텔레비전으로 바꿔 주는 대대적인 행사가 있었다. 당시 일간지 제일 뒷면에 크게 광고로 나올 정도였다. 누나가 시집을 가면서 마침 혼수가 필요했기에 부모님은 그렇게 맞바 꾸기를 하셨다. 지금 생각해 보면 참 그리운 텔레비전이다.

한국의 텔레비전 키드들은 컴퓨터에도 쉽게 접근할 수 있었다. 인터 넷 세상의 대표 주자라 할 수 있는 김범수(카카오), 이해진(네이버), 고 김정주(넥슨) 대표가 각각 1966년, 1967년, 1968년생이다. 이들로부터 한 번 붙은 불이 작은 성냥 정도였다면, 이들의 바로 다음 세대인 X세대에게는 폭죽과도 같은 엄청난 영상물로서 점화된다. 이들은 태어날 때부터 집집마다 텔레비전이 보편적으로 있었고, 바로 그곳이 이들의 당연한 놀이터였다.

텔레비전은 나아가 이들 X세대에게 문화를 구매하고 소비할 수 있는 길을 열어 주었다. 강준만의 표현을 빌리자면 '빠순이'[42]야말로 '한류 열풍'의 주역이라 할 수 있는 사람들이다. 예전에는 대중적 스타들을 쫓아다니는 팬들이 "오빠, 오빠!"를 외친다는 뜻에서 '빠순이'라는 이름으로 부르기도 했다. 텔레비전이 없었다면 그냥 동네 친구들하고만 놀고 헤어졌을 텐데, 텔레비전 덕택에 전국 각지에서 팬들이 모여들었고, 이들은 심지어 지역별 지부를 결성하기도 했다. 놀이터의 확장 사례이다. 일단 이렇게 시작되면 지구 별 전체로 퍼지는 것은 시간 문제에 불과해진다.

임영웅 콘서트를 가득 메우는 팬들 가운데에는 젊은 시절 유명했던 '빠순이'도 있지만, 예전에 자신도 '빠순이' 한번 해 보고 싶었으나 사정상 그렇지 못했거나 그냥 얌전하게 지냈던 분들이 상당수이다. 결국 사람들은 놀고 싶은 것이다. 네덜란드의 역사가이자 철학자인 요한 하위징아의 말대로, 인간은 본질적으로 노는 인간, 다시 말하자면 '호모 루덴스'이다. 놀고자 하는 그 마음을 어느 누구도 가두어 둘 수는 없다. 호모 루덴스는 혼자 놀 수도 있겠지만 함께 노는 더 큰 즐거움을 안다.

점점 개인화가 심해지고 있는 요즘, 드넓은 광장에서 속박 없이 마음껏 즐기는 놀이가 절실하지만 현실적으로는 당장 그것을 이루기가 어렵다. 간접적으로나마 놀이를 가능하게 해 주는 것, 아이러니하지만 이 또한 네모반듯한 텔레비전의 역할 아니겠는가.

5부

그리고 다시 텔레비전으로

나에게 맞는
직업을
찾아

나는 이른바 청춘스타로 젊은 시절을 보냈다. 그 당시에는 연예인이라 부를 만한 사람 자체가 지금처럼 많지 않았다. 사람이 많아지면 그만큼 경쟁도 심해질 수밖에 없기 때문에, 경쟁 위주의 지금과 비교해 보면 예전에는 확실히 지금보다는 좀 낭만적인 무엇인가가 있었다. 그 대신 지금은 규모 자체가 예전에는 상상도 할 수 없을 만큼 커지고, 업계 내부적으로도 새로운 직업이 많이 생겨났다. 여기에서 더 이야기하면 무슨 "라떼는 말이야"가 될 것 같아 최대한 자제하도록 하겠다.

예전에 경쟁이 덜했다고 해서 연예인 지망생이 모두 정상에 오를 수 있었는가 하면 그것은 물론 아니었다. 그 당시에도 이곳은 좁은 문이었다. 예전에 내가 알았던 한 여성 배우는, 재능도 있고 자신이 부단히 노력했음에도 원하는 성과를 이루지 못했다. 배우라면 누구나 나이를 더 먹기 전에 자신을 어느 정도 위치에까지 올려놓고자 하는 욕심이 있기 마련이다. 그러다 보니 계획대로 되지 않으면 초조해하거나 남 탓을 하는 경우도 간혹 있다. 그런데 이 친구는 놀랍게도 어느 날, 자신이 배우로 더 이상 성공하지 못할 것이라는 점을 과감하게 인정하고 받아들였다. 자신에 대한 분석이 너무나 객관적이고 정확해서 듣고 있자면 소름이 돋을 정도였다. 텔레비전에서 자신이 어떻게 비춰지는지를 철저하게 객관적으로 분석할 줄 알았다. 연기자가 시청자의 눈을 가질 수 있다는 것은 대단히 어려운 일인데, 이 친구는 그것이 가능했다. 그리고 어느 날 소리도 없이 사라져 더 이상 나타나지 않았다. 방송가 사람들의 뇌리에서도 그렇게 지워졌다.

그런데 그로부터 십몇 년이 흐른 어느 날 중국의 한 엔터테인먼트 기업에서 성공한 한국 여성 이야기가 들려왔다. 처음에는 이름만 듣고 긴가민가했는데 역시 그 친구가 맞았다! 나중에 이야기를 듣고 보니, 자신은 연기자로서 정말 열심히 했지만 동시에 자신의 한계를 일찍 깨닫고 진로를 바꿨다는 것이다. 계속 연기자로 남는 대신 자신이 연기자로서 투자했던 그 시간을 돌이켜 보고, 자신이 어떤 분야에서 더 잘할 수 있을지를 고민한 결과였다. 마침 중국에서 엔터테인먼트 쪽이 급격히 성장하던 시기였던지라 그쪽으로 방향을 돌렸다고 했다. 얼마나 반갑던지!

만약 그 친구가 한국에서 계속 배우가 되려고 전전긍긍하고 있었다면 어떻게 되었을까. 또는 자신이 바라는 바대로 잘 풀리지 않는다고

183

길나가는 배우 흉내나 대충 내거나 아니면 남 탓을 해 보거나 다른 곳에서 한눈을 팔며 시간을 낭비했더라면 어떻게 되었을까. 언젠가는 잘될 거라고 모두 꿈을 꾸지만, 꿈이 언제 어떤 식으로 이루어질지는 아무도 알 수 없다. 끝내 꿈이 이루어지지 않기도 하는 것이 잔인하지만 현실이다.

이런 속성 때문에 연예계에 도전해 보고 싶지만 아예 시도조차 하지 않으려는 사람들이 의외로 많다. 그런데 사람에게는 자신에게 조금 더 잘 맞는 직업이 있는 것 같다. 개그맨 노정렬 씨는 원래 그 어렵다는 행정고시에 합격하여 공무원을 했던 사람이다. 개그맨도, 행정고시 출신의 공무원도, 이 중 하나도 정말 하기 힘든데 어떻게 두 가지를 모두 해낼 수 있단 말인가! 어렵고 쉽고를 떠나 우리는 자기 스스로에게 귀 기울일 줄 알아야 한다.

내가 하고 싶은 이야기는, 하고 싶다면 일단 해 보시라는 것이다.
열심히 해 봤는데 아니더라, 라는 생각이 든다 해도
그것은 결코 시간 낭비가 아 l 다.
워낙에 경쟁률이 센 것은 맞다.
때문에 대스타가 되기는 당연히 어렵다.
아니, 대스타란 결과적으로 그렇게 되었을 뿐이지
절대로 연기자의 목표가 될 수 없다.
그렇지만 일단 시도해 본 사람은 그 과정에서 틀림없이 얻는 것이 있다.

나는 젊었을 때 너무 잘나갔던 바람에 꼭대기에만 서 있다 보니 젊은 나이부터 최고라 할 만한 것들만 눈에 들어왔다. 좋게 말하면 최정상에 있었고, 나쁘게 말하면 잘난 맛에 살았다. 하지만 지금 와서 돌이켜 보면 그만큼 시야가 좁았다. 부끄러운 일이다. 그러다 나이 들면서 주연보다는 조연을 주로 하게 되었다. 옛날 같았으면 주연이 아니면 견디지 못했을 것이다. 하지만 이제는 달라졌다. 지금 한창 잘나가는 친구들과 함께한다는 것만으로도 정말 영광스럽기 때문이다.

그뿐만이 아니다. 이제 가장 뒷자리에 서서 남들 눈에 잘 들어오지 않는 역할까지 맡으면서 그전에는 보지 못했던 많은 사람들, 정말 많은 것들을 비로소 보게 되었다. 만약 내가 여전히 계속 주연만 하고 있었더라면 절대 볼 수 없었을 사람들과 풍경들, 예전에는 보이지 않았던 많은 것들을 이제 볼 수 있게 된 것이다. 그래서 보이지 않는 곳에서 누가 정말 열심히 하고 있는지, 지금은 비록 아무도 몰라주지만 누가 곧 '대박'을 칠 사람인지, 이런 것들이 훤히 보인다. 개인적으로는 정말 감사한 일이다.

드라마 한 편을 찍기 위해서는 정말 많은 사람들이 필요하다. 그 속에 들어가 있으면 한 사람의 존재는 정말 미미하다. 겨우 대사 한 줄 분량을 연기하기 위해서 하루 종일 밥도 제대로 못 먹고 새벽부터 대기하고 있을 수도 있다. 이럴 때 될 성싶은 사람의 태도가 드러난다. 열심히 한 이에게는 대기 시간도 남다르다. 이들에게는 대기 시간도 기다리며 버리는 시간이 아니다. 작가의 의식을, 감독의 혜안을, 카메라 감독의 남다른 시선을, 선배 배우의 연기 철학과 스킬을, 그 모든 것을 배울 수 있는 교육의 장이다. 그뿐인가. 도전과 인내심과 의리와 최신 기술이 그 안에 응축되어 있다. 어디에서 이런 것을 배울 수 있단 말인가.

머뭇거리게 되는 그 마음은 이해가 간다. 그렇더라도 진지한 도전을 응원하고 싶다. 그래서 젊은이들에게 더 자신 있게 이런 말을 해 줄 수 있다. 마음이 있다면 일단 한번 해 보라고. 절대 후회하지 않을 것이며, 당신이 이 방면에서 평생 일하지 않아도 좋으니, 앞으로 어디에서 누구와 무엇을 하든지 이 경험은 당신 인생에 힘이 될 것이라고. 그것도 어마어마하게.

진화하는
시청자

유람단을 결성하여 멀리 우리 집으로까지 텔레비전을 보러 오시곤
하던 할머니들은 지금은 모두 돌아가셨다. 이 할머니들은 함께 늘 만
나던 사이가 결코 아니었다. 서로 다른 마을로 시집을 가서 상당한 거
리를 두고 사셨으나, 오로지 텔레비전 시청이라는 단기 목표를 위하
여 결성된 모임이었다. 어떤 문화적 충격에도 굴하지 않고 할머니들
끼리 함께 이야기를 나눠 가노라면, 그 사이에서 금방 시청자 여론이
형성되곤 했다. 할머니들 사이에 형성된 여론이 마치 파도처럼 물결
을 이루며 이리저리 부딪히던 모습이, 긴 세월이 흐른 지금까지도 생
생하다.

할머니들은 함께 텔레비전을 시청하다가 멋진 장면에서는 "바라바
라(봐라 봐라), 시상에(세상에) 저런 기(것이) 다 있다!" 감탄도 하고, 어려
운 일을 당한 사람을 보고서는 "우야노, 우야노!" 옷고름을 쥐고 눈물

을 덮고, 긴장감이 팽팽한 상황에서는 "큰일났다, 큰일났어!"라며 경고성 감탄사를 날리기 예사였다. 이해할 수 없는 장면에 눈이 휘둥그레지고, 즐거운 장면이 나오면 과감하게 따라 해 보거나 박수를 보내는 분이 그 가운데 꼭 한두 분 계셨고, 마음에 안 드는 장면에서는 갑자기 한마음으로 대동단결하여 "저런 것들은 천벌을 받아야 되는기라!" 욕도 하시고….

우리 집은 종종 동네 사람들이 오다가다 들러 텔레비전을 시청하는 곳이 되기도 했다. 요즘은 함께 응원하는 스포츠 경기에서나 그럴까, 여러 사람이 와글와글 모여서 텔레비전을 볼 기회 자체가 거의 없다. 모든 사람이 볼 수 있도록 볼륨을 높여 둔다면, 당장 그 소리 낮추라고 사방에서 항의가 들어올 것이다. 그래서 공항, 철도역, 식당 같은 곳에서 텔레비전을 켜 둘 때는 소리가 들리지 않도록 한다. 보고 싶고 듣고 싶은 사람은 자신의 스마트폰으로 얼마든지 개별 확인이 가능하지만, 혹시라도 보기 싫고 듣기도 싫은 사람이 한 사람이라도 있다면 그에게 방해가 되어서는 안 되기 때문이다. 시청자들의 수준이 높아지고 기술도 발달한 덕택에 생겨난 큰 변화이다.

그뿐만 아니라 국내 방송에서도 이제는 자막을 자주 사용하는 편이다. 원래는 외국에서 들여온 프로그램 가운데 더빙하지 않은 것을 보여 줄 때나 자막을 입혔지만, 이제 한국에서 제작하는 프로그램에도 자막이 으레 들어간다. 한국의 프로그램에서 자막만큼 재미난 것이 또 있을까. 그러다 보니 자막 덕택에 소리를 듣지 않아도 어느 정도까지는 텔레비전 시청이 가능해졌다.

남의 사연에 공감하기란 정말 쉬운 일이 아니다.
아무리 큰일이 나도 다들 남 일이라고 생각해 버리는
그런 비정한 사회는 사실 생각보다 널렸다.
그래서 누군가의 목소리에 귀 기울여 주고,
아름다운 이야기를 발굴해서 공유하고자 하는
우리 내면의 심리가 더욱 소중하게 느껴진다.

다들 아는 이야기인데 나만 모른다면 얼마나 속상하겠는가. 그러다
보니 우리가 어렸던 시절만 하더라도 "이게 텔레비전에도 나온 이야
기래.", "텔레비전에서는 아무 말 없던데."와 같은 심리가 어느 정도 있
었다. 대단한 사건이라면 텔레비전에서 당연히 다뤄 줄 것이고, 만약
그렇지 않다면 관심을 가질 만한 일 자체가 되지 못한다는, 텔레비전
에 대한 일종의 믿음이 그 속에 깔려 있었다.

한국의 깐깐한 소비자들에 대해서는 익히 널리 정평이 나 있다. 그
렇다 보니 한국 시청자에 대해서 세계의 제작자들도 관심이 많다. 요
몇 년 사이, 할리우드 영화 중에서도 한국에서 최초로 개봉한 사례들
이 꽤 있었다.[43] 한국의 텔레비전에서도 자주 볼 수 있는 〈CSI: 과학수
사대〉의 다양한 시리즈로 유명한 제리 브룩하이머와 같은 제작자들
은 한국에 대한 남다른 애정과 기대를 보여 준다. 톰 크루즈와 함께

2022년 한국을 방문한 그는, 한국의 감독과 배우들에 대해서 지대한 관심을 드러냈다고 한다.[44] 또한 그는 팬들과의 미팅에서 적극적인 모습을 보여 주었는데, 그가 만난 한국 팬들은 결국 그가 만든 작품의 시청자들이다.

제리 브룩하이머 못지않게 한국에서 사랑받고 있는 딕 울프가 제작한 〈로앤오더(Law & Order)〉(1990~2010, 2021~, NBC) 시리즈의 드라마들도 CSI 시리즈와 마찬가지로 범죄 수사물이라는 특징을 갖고 있다. 그런데 이들 드라마를 즐겨 본 한국 시청자들 내에서는 최근 약간 색다른 기류가 일고 있다. 드라마 〈수사반장〉에서도 보았듯이 한국에서도 범죄 수사 드라마가 일찍이 사랑받았다. 그런데 요즘 한국에서는 드라마가 아니라 실제 사건 이야기를 예능 방식으로 선보이고 있다. 특히 프로파일러, 심리학자, 교수 등 전문가와 연예인 패널들이 함께 실제로 있었던 사건에 대해서 이야기를 나누는 프로그램이 점차 활발하게 소개되고 있다. 〈용감한 형사들〉(2022~, E채널)처럼 사건을 담당했던 형사가 직접 출연하여 리얼리티 쇼의 느낌을 살리기도 하고, 〈꼬리에 꼬리는 무는 그날 이야기〉(2021~, SBS)에서처럼 이야기꾼을 내세워 때로는 역사적 해석까지 과감히 시도하기도 한다. 이 밖에도 다양한 형태로 선보이고 있는데, 이들이 예능의 외피를 입고 있다는 점, 그리고 시청자를 대변하여 출연자가 자신의 감정을 가감 없이 표출하고 있다는 점은 주목할 만하다. 마치 지금으로부터 50년도 더 전에 우리 할머니들께서 텔레비전을 보면서 꼭 그러셨던 것처럼 말이다.

그런데 여기에 또 한 가지 매우 중요한 특징이 있다. 시청자의 궁금증과 심리를 대변해 주는 예능 포맷이면서도, 동시에 이 방면에서 오랫동안 종사했고 연구해 왔던 전문가들이 다양하게 출연한다는 점이다. 예전에도 텔레비전이 전문가들의 무대이기는 했다. 하지만 그때는 전문가와 비전문가 사이에 뚜렷한 층차가 존재했다. 전문가는 일방적으로 말을 하는 사람으로서 텔레비전에 출연했다. 그렇기 때문에 다방면의 전문가를 한군데에 부르는 것은 상당히 껄끄러운 일이었다. 전문가는 한 명만 부르는 것이 가장 안전했다. 그런데 최근 예능 포맷에서는 다양한 분야의 다수 전문가가 비전문가와 구분 없이 어울려서 이야기와 질문을 주고받으면서 프로그램을 이끌어 간다. 출연자들이 시청자의 궁금증을 대신 질문해 주고 동시에 시청자의 감정을 잘 대변해 줄 수 있어야 예능감이 좋은 사람으로 인정받을 정도이다.

　범죄 수사물 같은 프로그램에 전문가들이 출연하고 여기에 비전문가가 함께 출연한다면, 이 프로그램은 어떤 형식으로든 교육의 형태를 띠지 않을 수 없다. 굳이 예능이 아니라 드라마나 다큐로도 만들 수 있는 역량이 현재 한국 사회에는 충분히 있다. 그럼에도 교육을 절대 표방하지 않으면서 예능의 형태로 교육을 전개하고 있다는 점에서 상당히 특이하다고 할 만하다.

　물론 여기에도 비판의 목소리는 있다. 시청자들이 심층적으로 사실을 볼 수 없다는 점, 제작비에 대한 압박 때문에 쉬운 길을 선택한다는 점 등에서 말이다. 결국 오늘을 즐기는 동시에 비판을 수용하여 언젠가 우리는 또 다른 포맷을 만들어 낼 것이다. 그 새로운 길이 무엇이든 한 가지 사실은 분명하다. 바로 우리 시청자들이 어제로부터 끊임없이 계속 진화를 이어 가고 있다는 점이다. 다른 나라 사람들도 부러워하는 우리 텔레비전의 수준은 결국 우리 시청자들의 수준이다.

TV 속
사람들

직업에 따라 평균 수명이 달라지기도 한다고 한다. 2017년 자료여서 시간이 좀 지난 느낌이 있긴 하지만 최고의 의학 학술지로 손꼽히는 『란셋(Lancet)』에서 매우 흥미로운 자료가 하나 발표되었다. 20년간 약 50만 명의 영국 사람들을 추적한 결과가 나왔는데, 사람들은 자신의 직업에 따라 더 오래 살기도, 또 더 일찍 죽기도 했다는 것이다. 〈1991년부터 2011년까지 영국의 직업별 사망률 패턴: 연계된 인구조사 및 사망률 비교 분석 기록〉[45]이라는 연구 보고에 따르면, 사람들이 선호하고 급여가 높은 의료계, IT 업계, 비즈니스 업계, 금융계, 서비스 업계 종사자들이 더 오래 살았고, 소위 3D 업종이라고 불리는 직군의 사람들이 더 일찍 죽었다. 연구 제목은 그럴싸하지만 그 결과는 왠지 좀 김이 빠지는 뻔한 측면이 있는 것 같다. 더 좋은 환경에서 일하고 급여도 좋으면 아무래도 더 오래 살 수 있는 조건을 갖추기 쉽지 않을까.

내가 어렸을 때 아버지는 내가 커서 의사가 되기를 희망하셨다. 나는 집에서 차남이다. 아버지는 형에게 정말 큰 기대를 갖고 계셨다. 마침 아버지가 바라는 만큼 공부도 잘하고 리더십이 있어서 가는 학교마다 전교 회장을 하고 운동 신경까지 탁월해서 전국 축구 대회에서 최우수 선수상을 거머쥐기까지 했던 형은 하필 언어 귀재이기도 했다. 요즘 말하는 '사기캐'에 가깝다. 형은 언어 공부를 실컷 해 보고 싶어 했다. 유명한 국어학자이신 허웅 교수님도 형의 재능을 매우 아끼셨다. 그렇지만 아버지는 형이 법률가가 되기를 한결같이 바라셨다. 그 시대에는 공부를 정말 잘하는 사람은 반드시 서울대 법대를 가야 했고, 법률가가 되는 것이 가장 큰 효도라는 불문율이 있었다. 이렇게 생각하는 대한민국 아버지가 정말 많았던 시절이다. 큰아들이자 장손인 형에게도 역시 그런 굴레가 있었다. 같은 아들이지만 다행히 차남인지라 형만큼 기대받지 않았던 나에게는, 대신 의사라는 기대가 있었다. 이것은 어디까지나 반 세기 전의 이야기이기 때문에 지금과는 상황이 매우 다르다. 결국 아버지의 바람대로 형은 변호사가 되기는 했지만 그 과정은 매우 어려웠다. 법률가가 자신의 적성이 아니라고 생각하는 법조계 사람들을 모아 "We are Dracula(우리는 드라큘라다)!"라는 티셔츠를 입고 한때 '삐딱선'을 타기도 했다.

요즘은 어떤가. 요사이 부모들은 자식이 의사가 되면 가장 좋아하는 것 같다. 전국 아버지들의 법률가 희망찬가가 예전보다 약해졌지만 그래도 한국 사회에는 여전히 어떤 경향이 있다. 하기는 어디 한국만 그럴까. 외국 상황도 가만히 들여다보면 큰 차이가 없는 것 같다. 한때 반항기를 보이기도 했던 형은 결국 법률가가 되었다. 지금은 자신의 분야에서 두각을 나타내고 있지만 한동안은 정말 힘들어했다. 그리고 아이러니하게도 힘들어하는 형의 뒤에는 진심으로 흡족해하시는 아버지가 계셨다. 아버지는 평소에는 정말 자상하고 민주적인 분이었지만, 이상하게도 자식의 미래와 관련해서는 정확하게 대한민국의 평균 아버지이셨던 것 같다.

부모의 뜻대로 되지 못하면 우리는 실패한 인생을 사는 것일까? 나는 아버지의 뜻대로 되지 못한 것 같지만 드라마에서 의사 역할을 종종 맡았다. 〈낭만닥터 김사부〉에서도, 〈있을 때 잘해〉(2006~2007, MBC)에서도 의사 역을 맡았다. 그뿐만 아니라 여러 방송국에서 내가 맡았던 몇몇 프로그램 역시 의사 선생님들과 함께 진행하는 것들이 많다. 대한폐암학회 홍보대사를 맡기도 했다. 이렇게 의사 선생님들의 목소리를 대신 전달할 수 있는 직업을 갖게 되었으니 아버지의 소원이 아주 조금은 풀린 셈이라고 할 수 있을까. 잘 모르겠다.

나는 현재의 내 직업을 정말 사랑하고 자랑스럽게 생각한다. 내가 중앙대학교 연극영화과에 합격했을 때, 우리 집 식구들은 아무도 이 사실을 받아들일 수 없어 했다. 20세기 말의 한국 가정에는 자식이 전교 1등 하여 좋은 학교에 들어가는 것, 오직 그것만이 최고의 가치라 생각하는 경향이 있었다. 전교 2등은 1등이 아니어서 불행했고, 전교 50등은 30등이 아니어서 불행했다. 그렇다고 전교 1등이면 무조건 행복됐느냐 하면 그것도 아니었다. 전교 1등은 또 전국 1등이 아니어서 괴로워했다. 부모도 괴롭고 아이도 괴로웠다. 이처럼 스스로 불행을 만들어 등짐처럼 자꾸만 짊어져야 하는 사회 속에서, 공부로 감히 등수를 매길 수 없는 연극 영화 따위는 그야말로 불경스러운 것이었다. 나의 선택은 한국인의 상식을 뛰어넘어야 하는 그런 것이었다. 여기에 우리 가족들 역시 어떻게 반응해야 할지를 몰랐다. 지금에 와서 내가 의사 역할을 자주 맡았다고 아버지가 행복하실 리는 절대 없다. 나역시 그런 역할을 맡기 때문에 행복한 것이 절대 아니다.

1980년대에 비디오가 보급되면서
이제 아무도 텔레비전이나 영화를 보지 않을 것이라고 할 때가 있었다.
1998년에 미국과의 투자 협정을 하면서
스크린쿼터제를 폐지한다고 했을 때도 위기였다.
지금은 또 텔레비전을 아무도 보지 않는다는 위기를 맞고 있다.
위기가 아니었던 적이 없다.

그렇지만 그 어떤 어려움이 닥치더라도 나는 내가 좋아하는 일을 나 자신과 동료들을 믿고 꿋꿋하게 해 왔고, 또 앞으로도 그렇게 나아가려 한다. 동료들에게 어떤 어려움이 생겨도 마찬가지이다. 아무리 험악한 이야기가 주위에서 돌아도 나는 우선 내 동료들을 믿는다. 시간이 가면 그들은 해명할 수 있을 것이다. 또 때로 완전하게 해명할 수 없으면 어떤가. 얼룩이나 상처가 좀 있다고 그것 때문에 존재 자체의 가치가 떨어지는 것은 아니지 않은가.

사람들은 정말 다양한 직업을 갖고 있다. 텔레비전에서 우리가 만나 볼 수 있는 사람들은, 그 뒤에 보이지 않는 곳에서 일하는 사람들의 10분의 1도 되지 않는다. 우리가 이름을 아는 사람들은 그야말로 빙산의 일각이다. 텔레비전에 나오는 사람들은 모두 멋있어 보이며, 이들이 차려입기라도 하면 더할 나위 없이 화려해 보인다. 언제나 자신감 넘치게 자신을 표현하는 것으로 보인다. 또 이들은 아무 걱정이 없어 보인다. 오죽하면 가수 장기하는 그의 노래에서 "TV 속 사람들은 기쁘다 슬프다 말도 잘해 / 무슨 드라마든 쇼 프로든 코미디든 뭐든 간에 / 일단 하는 동안에는 도대체 만사 걱정이 없는데"라고 했을까.

직업인으로서 방송인을 생각해 보면, 오래 사는 직업도 오래 살지 못하는 직업도 아닌 중간 지점 어딘가에 있을 것이다. 하나로 정의 내리기 힘들다. 워낙에 다양한 사람들이 각자의 일을 수행하고 있다. 그뿐이다. 잘 만들어진 프로그램은 정확하게 돌아가는 태엽처럼 서로가 서로를 밀어 주는 동력의 역할을 하기도 한다. 따라서 혹시 누구 하나라도 빈자리가 생기면 금방 표시가 난다. 아무리 사람들 눈에 멋있어 보이는 주인공 역할도 그 누구의 눈에도 잘 보이지 않는 역할도, 텔레비전에서는 모두 서로를 필요로 한다. 나에게 너는 없어서는 안 되는 사람이다. 이 모든 사람들이 하나같이 직업인으로서 긍지를 갖도록 하는 것, 아마도 이것이 앞으로 우리에게 주어진 큰 과제일 것이다.

텔레비전의
생애 한가운데에서

나는 스스로를 텔레비전 키드라 생각한다. 한국에서 텔레비전이 막 생겨날 때를 목도했고, 텔레비전의 전성기를 함께했으며, 완숙한 모습으로 전 세계에 텔레비전이 한국의 콘텐츠를 실어 나르는 모습을 지켜보았다. 그러다 텔레비전이 위태롭게 간신히 벼랑 끝에 서 있는 모습까지 이렇게 또 마주하게 되었다. 마치 인간에게 생애 주기가 있듯이 텔레비전에도 생애가 있는 것 같은 느낌마저 든다. 한국인을 한국인답게 해 주는 것은 무엇일까. 문화, 언어, 예술직 감각… 뭐라 콕 집어 말하기는 어려우나 현재 한국인의 삶을 관통하는 어떤 것이 있었다면 그것은 텔레비전과 함께했다고 할 수 있을 것이다.

그런데 역으로 이런 우리에게 만약 텔레비전이 무엇이냐고 누군가가 물어온다면, 나는 '텔레비전이란 고향을 잃어버린 자들을 위로하는 한 줄기 빛'이라고 말할 것 같다. 한국에서 〈이산가족을 찾습니다〉

는 어떻게 정규 프로그램을 다 뒤로하고 예정된 시간을 훌쩍 넘겨 방영될 수 있었는가. 북에서 남으로 내려오면서 고향을 잃어버린 사람들을 차마 모른 척할 수 없었던 것이다. 〈전국노래자랑〉은 또 어떤가. 그 지방 사람들이 출연한다는 사실도 중요하지만 이번 주 방영지가 고향인 사람들, 그리고 꼭 그런 모습을 하고 있을 것만 같은 고향 사람들을 떠올리며 시청자들이 자연스럽게 그곳으로 채널을 돌렸을 것이다.

집안의 할머니들이 단체 유람단을 조직해서 텔레비전이 있는 도시 친척집 방문을 감행할 정도로 그토록 호기심을 보이신 반면, 당시 이 유람단에 동행한 할아버지는 한 분도 안 계셨다. 할머니들은 모두 자신의 고향에서 다른 마을로 시집을 가셨던 분들이다. 자신의 고향을 잃고 고된 시집살이를 살면서 어디 마음 붙일 곳이 딱히 없으셨을 것이다.

텔레비전의 위기가 끊임없이 거론되고 OTT가 힘을 얻어 가고 있는 상황에서도 여전히 텔레비전 드라마는 활발하게 제작되고 있다. 우리 사회에서 누가 열렬한 드라마 시청자인가. 바로 자기 고향을 떠나온, 그래서 마음의 위로가 필요한 이들이다.

이런 상황에서 많은 시청자들이 텔레비전을 떠나고 이를 멀리하게 된다는 것은 무엇을 의미하는가. 그것은 더 이상 '나에게 고향이 없다'라는 감각처럼 느껴진다. 그것마저 느끼지 못할 정도로 도시화가 진행되었다는 것으로 들린다. 싫든 좋든 마치 큰 파도처럼 우리의 삶을 휩

쓸던 텔레비전의 시대가 있었다면, 이제는 텔레비전을 보는 것이 어쩐지 뒤떨어지고 모자라는 것처럼 비치는 시대가 되었다.

우리가 제시간에 드라마를 보지 못했다 하더라도 유튜브는 언제든 그 요약본을 보여 준다. 그렇지만 결과적으로 보면 이것들은 텔레비전에서 보여 주던 프로그램 중의 일부를 자른 것, 또는 텔레비전 프로그램에 대한 소개나 평가와 같은 2차 가공물이다. 이제 텔레비전이라는 오리지널은 보지 않고, 돈을 추가로 써 가며 오리지널의 단편 혹은 부산물을 혼자 킬킬대며 즐기는 것으로 허해진 마음을 달래는 시대가 '기술'이라는 이름으로 힘을 얻고 있다. 이런 현실을 두고, 상호 소통이 불가능했던 텔레비전의 쇠락은 더 이상 피할 수 없었던 결과라고 많은 이들은 평가한다.

하지만 사람들이 함께 울고 또 웃기도 하고
힘껏 함께 박수 치며 '공감'했던 기억만은 잊지 않았으면 좋겠다.
나와 공통점이 하나도 없어 보이는 사람이라 하더라도
텔레비전에 나온 사람의 이야기에 괜히 코끝이 찡해질 때가 있다.
생면부지의 특별할 것도 없는 사람의 이야기를 듣다가
그래 저것이 인생이지 하는 느낌을 받기도 한다.

이것은 진실이 아니고 편집이라고, 간접 경험에 불과하다고 말하는 사람들도 분명 있다. 그럼에도 우리는 드라마를 보면서 울다 웃다를 경험한다. 심지어 다음 편이 언제 나오는지 속으로 기다리기도 한다. 어, 그거 보셨어요? 저도 봤는데… 이 한마디로 또 다른 누군가와 쉽게 대화가 이어지기도 한다. 공감이란 이토록 멋진 경험이다. 이것은 머리로만 이해할 수 있는 것이 아니다.

우리는 어쩔 수 없이 나이를 먹어 간다. 텔레비전을 만드는 사람도, 프로그램을 제작하는 사람도, 시청자도 나이를 먹어 간다. 100세 시대라는 말을 쉽게 쓰지만 이토록 많은 사람이 100세 가까이 살아 본 역사는 한반도에서 지금이 처음이다. 우리에게 축적된 지혜라는 것이 있다면, 다음 세대가 부담을 느끼지 않도록 전수해 줄 수 있어야 한다. 시청자들이 그렇다고 느낀다면 텔레비전에는 아마 그럴 수 있는 힘이 생길 것이다. 우리 텔레비전은 그만큼 원숙해졌으니까 말이다. 다른 나라의 어느 텔레비전을 보더라도 아직 없는 것, 우리가 아직 그 가치를 제대로 인지하지 못하고 있는 그것은 바로 우리 시청자들이니까.

연예인의 반대말,
일반인

연예인 누군가가 결혼했다는 소식에 '일반인 ○○ 씨와 결혼한다'와 같은 표현이 달릴 때가 있다. 연예인이 연예인과 결혼하면 이런 이야기를 굳이 하지 않을 텐데 말이다. 마치 영어에서 '밀리터리(military, 군인)'와 '시빌리언(civilian, 일반인/민간인)'을 구분하는 것처럼 한국에서 연예인과 일반인을 표현 자체로 양분해 사용하는 것은 꽤 특이한 현상이다.

길을 가다가 우연히 연예인을 만나면 누구든 자신도 모르게 인사를 하게 된다. 일반인 처지에서는 눈에 익은 익숙한 사람임이 틀림없기 때문이다. 그런데 그 연예인 처지에서 보자면 인사하는 사람은 모르는 사람일 가능성이 높다. 또 여러 사람이 갑자기 한꺼번에 아는 척을 하며 인사하면 미처 일일이 답을 해 주지 못할 수도 있다. 그래서 상대는 "(흥분하여) 어머, 너무 반가워요!"라고 인사했지만 그 상대방인 연예인의 답은 자신이 기대하는 반가움의 발끝에도 미치지 못할 때가 있다.

오빠가 인기 절정이었던 1990년대의 어느 날, 물건을 하나 사러 함께 나갔다가 대혼란을 자초했던 적이 있다. 모자를 푹 잘 눌러쓰고 나갔다고 생각했는데 누군가가 "변우민이다!"를 외치는 순간 사람들이 갑자기 오빠를 둘러쌌고, 나는 그야말로 사람들 속에서 튕겨 나와 겨우 목숨을 부지할 수(!) 있었다. 그런데 곧이어 아주 가슴 아픈 장면을 목격했다. 너무 많은 사람이 갑자기 달려드는 바람에 오빠가 일일이 인사를 해 주기는커녕 꼼짝없이 군중 속에 갇혀 버린 상황이었다. 몇몇 사람들과는 인사를 제대로 나누었지만 몇몇 사람은 본의 아니게 지나칠 수밖에 없었는데, 누군가가 뒤에서 갑자기 큰소리로 욕을 해 대기 시작했다. 나도 똑똑히 들을 수 있을 정도였다. 세상에나, 그렇게 '차진' 욕은 일찍이 상상도 해 본 적이 없다. 욕의 요지는, 그래, 네가 얼마나 잘났다고 나를 무시하고 가느냐, 알고 보니 인성이 아주 건방진 사람이네, 대략 이런 내용이었다. 멀리서 내가 바라보자니, 오빠는 그 욕 발사자에게 다가가고 싶으나 도저히 그 도도한 군중의 흐름을 거스를 수 없는 상태였다. 아, 그분은 아마 지금도 가슴속에서 오빠 욕을 하고 계실는지…. 정말 안타까웠지만 아무것도 할 수 없었다. 만약 사람들을 헤치고 거슬러 뒤돌아가 다시 만날 수 있었다면 오빠도 틀림없이 상황 설명을 충분히 할 수 있었을 것이라 생각한다.

그런데 그 순간 내게 불현듯 떠오른 생각이 하나 있었다. 연예인에 대한 일반인의 감정이 양극단에서 손바닥 뒤집듯이 너무나 쉽게 바뀔 수 있다는 사실이다. 예를 들어, 좋음과 싫음 사이에 10으로 우리 감정을 수치화할 수 있다면 일반적으로 '매우 좋음(10)-매우 싫음(1)'의 어딘가에 상대방에 대한 감정을 놓게 될 것이다. 시간이 가면서 점점 좋아져서 수치가 올라가는 사람도 있고 그 반대도 있을 것이다. 그런데 불과 몇 초 사이에 너무 좋은 대상(10)이었다가 바로 저 끝 반대쪽(1도 아니고 -10 정도)으로 밀쳐 낼 수 있는 대상이 된다는 점, 그런데 그 사람이 정작 누구인지 오빠는 알 도리가 없다는 점이 참 놀랍고 안타까웠다.

집안에 연예인이 한 사람 생기면, 일반인인 그 가족들에게도 눈에 보이지 않는 불편함이 스멀스멀 생겨나기 시작한다. 일단 가족들은 나 자신이 아닌 유명인 ○○의 누군가가 된다. 오랜만에 누군가를 만나면 자신의 이름은 전혀 기억하지 못하고, "아, ○○ 씨 누나!"라고 한다거나, 사람들끼리 수근거리면서 "저 사람이 바로 ○○ 씨 아버님이래."라고 하는 것을 경험으로 알게 된다. 그때부터 가족들은 연예인과 일반인의 중간, 그 어딘가 애매한 곳에 자신을 내려놓게 된다. 누가 뭐라는 것도 아니지만 이상하게도 스스로 행동에 제약을 둔다. 남들에게 책잡힐 노릇은 절대 해서는 안 될 것 같고, 괜한 오해라도 사서 누가 될 일도 해서는 안 될 것 같다.

대학생 시절, 나는 주로 기숙사 생활을 했는데 당시 내가 다녔던 대학 기숙사는 방학마다 방을 비워야 했다. 서울살이에 갈 곳이 어디 있겠는가. 나는 방학 동안 오빠 집에 신세를 몇 차례 지기도 했다. 그러다가 모 스포츠 신문에 배우 변우민 집에 묘령의 아가씨가 드나든다는 가십 기사가 실린 적도 있다. 연예인과 일반인 가족 사이의 불편함은 이래저래 어떤 방식으로든 생길 수밖에 없다.

이런 상황을 누군가가 나쁜 마음을 먹고 악용할 수도 있다. 안타깝지만 우리는 그런 경우를 가끔 보기도 한다. 연예인과 그 가족 사이를 이간질하여 제3자가 어떤 이익을 편취하려는 상황에서, 의외로 언론에서는 그 내면까지는 정확히 알지 못하고 겉으로 드러나는 것만 보고 해당 연예인이나 가족 중 누군가를 일방적으로 비난하는 보도를 하는 경우도 있다.

어느 날 가족 중 누군가가 연예인이 된다면 어떻게 하면 좋을까. 혹은 연예인과 연애를 하기 시작했다면 어떻게 해야 할까. 연예인은 자신이 힘든 것보다 자기 때문에 가족이 힘들어하는 모습을 보는 것이 더 힘들고, 가족은 자신이 어떤 태도를 취해야 할지 몰라 일거수일투족이 어렵다. 답은 없을까? 장수하는 연예인들은 여기에 대하여 모범 답안을 제시하고 있다. 이들이 평소 보여 주는 겸손함, 일상생활에서 자신이 특별한 사람이 아님을 드러내는 친근함, 이웃이나 친구로서의 배려심, 그저 자기 자신임을 보여 주는 당당함이 이들에게는 있다. 이분들과 또 그 가족 분들 모두에게, 나는 정말 가슴속 깊이 존경심을 갖고 있다.

그런데 이런 점이 좀 부족하면 또 어떤가. 우리 모두 너무 완벽해질 수는 없다. 이렇게 쓰고 보니 말로는 쉽다. 하지만 현실은 녹록지만은 않다. 연예인의 반대말이 일반인이라는 사실은 결국 조만간 바뀔 것이다. 어쨌든 한국 사회는 점점 성장해 가고 있으며, 크게 보았을 때 사회의 수준은 지속해서 높아지고 있다. 이런 문제도 우리 사회가 성숙해 가면서 해소될 문제 중 하나가 되지 않겠는가.

녹화장에서 강의를 진행하는 나는 가끔 학우들을 스튜디오로 불러 함께 촬영하기도 한다. 그렇게라도 함께 공부하는 듯한 느낌을 살려 보기 위함이다. 이때 많은 분이 제가 어떻게 그걸 하느냐며 손사래를 친다. 하지만 아무리 어려워하는 분도 막상 촬영을 시작하고 잠깐만 시간이 지나면 아주 자연스럽게 그 속에 녹아든다. 물론, 이미 방송에 익숙한 분들을 모시면 진행이 좀 더 수월하기는 하다. 하지만 일반인이 참여했을 때 다소 더디게 진행되는 듯하기는 해도, 바로 그때만 느낄 수 있는 자연스러움이 있다.

요즘은 텔레비전에서도 대단한 강의를 많이 접할 수 있는데, 공통점은 더 이상 강의자만이 강의하지 않는다는 점이다. 강의자만 서서 일방적으로 강의하면 빨리 끝낼 수 있다. 하지만 강의자와 학생이 원활하게 소통되고 있는지를 확인하기가 어렵다. 많은 것들은 우리가 잘 느끼지 못한 사이에 이렇게 조금씩 바뀌어 간다. 우리는 연예인과 일반인의 경계가 옅어지는 시대를 이미 살고 있다. 이제 연예인의 반대말이 일반인이라는 그 언어, 그 사고가 바뀔 차례이다.

한국에서는
누가
가위를 드나요

한 어린아이가 있다. 이 아이는 아버지의 전사 소식에 너무나 큰 충격을 받는다. 아직 죽음을 이해하기 어려웠지만 아이는 곧이어 우연히 마주한 영화 〈바람과 함께 사라지다〉의 포스터 앞에서 아버지의 죽음을 잊고, 그 속에서 오히려 삶의 큰 에너지를 얻는다. 돌아가신 아버지가 이 영화의 남자 주인공인 클라크 게이블을 닮았다고 믿기 때문이다. 이것은 영화 〈시네마 천국〉의 주인공인 토토의 어린 시절 이야기이다.

결국 영화의 길로 접어들어 감독이 되는 토토에게 영화와 영상은 단순한 직업이 아니라 바로 자신을 키워 준 아버지이기도 하고, 우정이기도 하고, 뜨거운 사랑이기도 하다. 토토가 성공한 영화감독이 될 수 있도록 이끌어 주고 지지해 준 시골 마을의 작은 영화관 영사 기사인 알프레도가 영화의 시작에서 끝까지 줄곧 그와 함께한다.

1990년에 한국에서 개봉되면서 이 영화는 각별한 사랑을 받았다. 그때만 하더라도 한국에는 전쟁과 그 이후의 고난이 우리 삶 속에서 완전히 떠나지 않았다. 이 영화가 개봉되던 당시, 전쟁의 상흔을 기억하는 한국 사람들이 공감할 수 있는 요소들이 분명히 있었기에 이 영화는 큰 사랑을 받았을 것이다. 물론 영화 자체의 완성도가 높고 워낙 아름답다는 점이 가장 큰 이유이겠지만 말이다.

영화 〈시네마 천국〉에 나오는 명장면 가운데 어린 토토가 한창 흥미를 갖고 정신없이 영화에 빠져들려 할 때마다 딸랑딸랑 종소리가 나는 부분이 있다. 그럴 때마다 알프레도가 고개를 절레절레 저으며 그야말로 가위로 필름을 싹둑 잘라 내는 장면이 이어진다. 영화의 흐름이 확 끊어지기 때문에 토토는 한숨을 쉬지만, 신부님의 이 딸랑딸랑 종소리는 토토가 보고 있는 영화의 클라이맥스 때마다 어김없이 등장한다. 신부님으로서는 마을의 미풍양속을 위해 어쩔 수 없는 조치이다. 하지만 토토의 실망한 표정은 한숨과 함께 영화를 보고 있는 관객들마저 안타깝게 만든다.

우리 앞에 텔레비전이 처음 떨어졌던 그 시절,
어쩌면 토토와 알프레도, 그리고 신부님 역시
우리 곁에 있었을 것이다.
보고 싶어 하는 자의 마음과
그것을 막으려는 자의 마음은 대립할 수밖에 없다.

영화 〈시네마 천국〉의 한 장면

　만약 시골에서 할아버지 사절단도 함께 우리 집에 올라오셨더라면 틀림없이 신부님처럼 종을 울리셨을 것이다. 막으려는 자는 보고 싶어 하는 자보다 신분상 우위에 있는 경우가 많다. 예전에는 할아버지 말씀에 할머니가 꼼짝도 못하셨다. 그런 사회였다. 그래서 텔레비전에 등장하는 미국 사람들의 일거수일투족은, 할머니들의 꼼짝없는 삶에, 할아버지(들이 안 오셔서) 없는 세상에서 겨우 하나 난 숨구멍 같았다.

한국에서 방송 심의가 생겨나고 점점 강화되기 이전에, 당시 한국 사회의 미풍양속 차원에서는 상상하기 어려울 정도로 수위가 높은 화면들이 AFKN에서 버젓이 방영되었다. 부산에서는 간혹 일본 텔레비전 프로그램들이 운 좋게 잡히기도 했는데, 거기에서도 상황은 마찬가지였다. 1960년대에는 영어나 일본어에 능통한 사람이 많지 않았기 망정이지 만약 내용까지 모두 알아들었다면 문화적 충격은 더욱 컸을 것이다.

1970년대, 한국 사회는 장발과 미니스커트를 대대적으로 단속하며 이른바 경범죄 처벌을 강화했다.[46] 이 기준에 따르자면 축구선수 안정환은 테리우스 머리를 날리며 월드컵에서 역전 골을 넣을 수 없었으며, 무릎 위 20센티미터를 넘는 치마를 입으면 아무리 유명한 아이돌이라도 텔레비전에 등장할 수 없다. 하지만 이 가위는 너무 뒤늦게 들었음이 틀림없다. 시골에서 올라오신 할머니들까지도 이미 볼 만한 콘텐츠는 다 경험한 뒤였기 때문이다.

누가 영화 〈시네마 천국〉의 신부님처럼 가위를 들 수 있는 힘을 갖느냐 하는 문제는 영화에서만큼 그렇게 낭만적이지만은 않다. 방송통신위원회와 관련하여 가끔 마찰이 이는 이유도 여기에 있다. 좋은 방송, 국민에게 도움이 되도록 했으면 좋겠다는 열망만은 모두가 한마음이겠으나, 현실에서 그렇지 못하다는 것이 안타까울 따름이다. 〈시네마 천국〉의 마지막 장면은 이 영화의 백미이다. 토토가 그토록 아쉬워하며 볼 수 없었던 그 키스 장면이 모두 한데 모여 펼쳐지는데, 이것은 모두 신부님의 종소리 때문에 잘린 장면들이다.

어쩌면 〈시네마 천국〉의 신부님은 오늘날 한국 사회의 가위와 그로 인해 빚어지는 갈등에 대한 답을 이미 알고 계실지도 모른다. 지금쯤 천국에 가 계실 그분은 언제 어디에서 종을 딸랑딸랑 울리고 싶어 하실까. 정작 본인은 이미 다 보셨을 그 장면을 말이다.

블랙홀

어느 날 갑자기 한 신문사로부터 신문이 배송되지 않았다. 나는 보수와 진보, 소위 이렇게 불리는 신문을 각각 하나씩 오랫동안 구독해 왔다. 신문의 종류는 가끔 바뀌기도 했지만, 아무튼 이 둘을 읽고 있자면 마치 다른 세상이 신문 저 너머 어딘가에서 펼쳐지고 있다는 생각이 들 정도였다.

관점이란 확실히 중요하다. 내 나름대로는 신문을 통해 양쪽의 목소리를 고루 듣고자 했는데, 갑자기 한쪽 신문 배달이 뚝 끊긴 것이었다. 계속 연락해 봤는데 처음에는 그쪽에서도 이유를 알 수 없다고 했다. 며칠 후에 전화가 와서, 우리 집은 더 이상 배송 지역이 아니라는 답을 받았다. 황당했지만 어쩔 도리가 없었다. 배송 지역이 아니라는데 어쩌겠는가. 서울이 아니어서 그런가 싶은 생각이 들었다. 그렇다고 신문 구독 때문에 이사를 할 수는 없지 않은가. 하는 수 없이 다른 신문

하나만 받고 있었는데 코로나19가 한창이던 어느 날, 더 이상 그 신문도 집에서 받기는 어렵겠구나 생각했다. 새벽에 오던 신문이 오후 늦게서야 오기도 하고, 그나마 당일에 보내 주기라도 하면 좋으련만 급기야는 하루씩 빼 먹으면서 다음 날 이틀 치 신문이 함께 오기도 했다. 그러다 보니 대통령 선거 결과가 이미 다 나왔음에도 늦게 도착한 신문 속에서는 '초접전'이라며 엉뚱한 보도가 실려 있기도 했다. 매일 받아 볼 수 없는 신문이란 더 이상 '신(新)'문일 수 없다. 결국 한참을 망설이다가 신문 구독을 중지했다.

신문이 더 이상 오지 않다 보니 그 답답함이란 이루 형언할 수가 없었다. 언제부터인가 한국 사람들은 대부분 뉴스를 인터넷이나 텔레비전으로 본다. 막연하게 생각해 보면 대부분이 인터넷으로 보고 있을 것 같지만 얼마 전까지만 해도 텔레비전으로 뉴스를 시청하는 비율이 살짝 더 높았다.[47] 2024년의 어느 날부터 결국 나도 신문을 '읽는' 대신 텔레비전으로 뉴스를 '보는' 대열에 합류하게 되었다.

텔레비전으로 뉴스를 본다는 것과, 종이로 된 신문을 읽는다는 것은 큰 차이가 있다. 신문은 얇지만 나름의 묵직한 무게감이 있다(대형 신문사일수록 지면의 양으로 자신들의 무게감을 선제적으로 증명하려는 경향도 있긴 하지만, 여기에서는 어디까지나 내용의 무게감을 말한다). 나는 신문을 먼저 처음부터 끝까지 빠르게 훑는다. 현재의 이 세계를 그야말로 쓱 한번 읽어 내는, 일독(一讀)하는 과정이다. 나는 그렇게 오늘의 이 세계를 대략적으로 나마 이해하는 사람이 되고 싶다. 텔레비전 뉴스는 다르다. 하나의 이야기를 듣고, 다음 이야기가 나오기까지 기다려야 한다. 뉴스 전달이라는 측면에서는 대단히 비효율적인 방식이다. 그렇다 보니 자막으로 연신 다른 뉴스를 내보내고, 뉴스 전후 또는 사이 광고 시간에도 깨알 같은 자막으로 주요 뉴스를 보여 주기도 한다.

신문을 보는 것은 책을 보는 것과 매우 유사한 행동이다. 한국인의 한 해 독서량이 한 권이 채 안 된다고 한다. 나는 직업상 책을 자주 그리고 많이 봐야 하므로 한국인 평균 독서량보다는 좀 더 읽는 편이다. 텔레비전에서는 책 이야기도 종종 한다. 그러다 보니 『총, 균, 쇠』를 진지하게 읽은 사람보다는 어디선가 이 책 이야기를 '본' 사람이 더 많은 것 같다. 이 책의 중요한 부분에 대해서 질문했을 때 의외로 많은 사람들이 대답하지 못하는데, 그 이유는 이 책을 스스로 정독한 것이 아니라 다른 사람들이 하는 이야기를 '보았기' 때문일 가능성이 높다.

한국의 텔레비전은 신문도 책도 모두 흡수하는 일종의 블랙홀이다.
텔레비전 왕국의 이면에는 걱정거리가 하나 있다.
신문도 책도 모두 그 속으로 빨려 들어가고 있는 것은 아닌지.
신문을 통해서 더 광범위하게 한 눈에 포착할 수 있는 세계,
책을 통해 얻을 수 있는 다양한 감각,
이 모든 것들을 너무 속수무책으로
텔레비전에 다 내주고 만 것일지도 모른다.

프랑스 텔레비전 채널 중에 오락 방송이 많은 M6라는 곳이 있다. 나는 이 채널이 재미있고 또 프랑스어를 이해하기에도 다른 채널보다는 수월하므로 즐겨 봤다. 유학 시절, 당시에 이 채널을 봤다고 이야기했다가 동료들로부터 매우 특이한 사람 취급을 받은 적이 있다. 적어도 학문을 하는 사람이라면 이런 채널을 볼 이유도 볼 필요도 없다고 생각한 탓일까. 그러나 내 처지에서는 어쩌겠는가. 처음 도착한 타국에서 언어는 불완전하고 현지인들과의 만남은 제한적인 데다 그나마 소통할 수 있는 것이 텔레비전인 것을! 반면 프랑스의 엘리트들은 연극이나 공연이나 전시, 혹은 영화를 봐야 한다고 생각한다. 부르디외가 말한 거대한 문화 자본 격차를, 나는 텔레비전 M6 채널을 통해 경험했다.

지금 역으로, 정말 멋지고 재미있는 한국 예능은 한국 사람은 물론이요, 다른 나라 사람들도 함께 보고 있다. 채널을 우연히 돌리다가 보게 되는 예능은 넋을 잃고 내 시간을 기꺼이 내어 주게 만든다. 한국 사람만 그럴까? 외국인이 보기에도 재미있는 이 예능은 한류의 최전선에 있다고 해도 과언이 아니다. 외국인 친구가 한국 예능을 봤다고 하면, 왜 공연이나 전시, 연극, 책 대신에 텔레비전을 보고 있느냐고 고개를 갸우뚱할 한국 사람이 과연 얼마나 있을까?

우리는 스스로가 텔레비전이 만든 세상에 이미 익숙해져 있다. 한국적 텔레비전 유니버스, 우리는 이것을 만들어 온 장본인이며, 그 속에서 살고 있다. 그런데 그 속에 안주해 버리고 아무것도 하지 않는다면,

이것이 가수 윤하 씨의 노랫말에서처럼 블랙홀 주위 '사건의 지평선'이 된다. 모든 것이 그리로 흡수되지만 정작 그것은 현실 세계에 영향을 끼치지 않게 될 테니까.

텔레비전은 물론이고 그 어떤 매체도 블랙홀이 되도록 내버려 둬서는 곤란하다. 지금의 텔레비전을 이대로 방치하고 내버려 둔다면, 그 시스템 자체가 무너지는 것은 시간문제에 불과할 것이다. 텔레비전이 없어진 세상, 그곳이 무엇으로 가득 찰 것인지는 이미 다들 알고 있지 않는가. 책을 사랑하게 되는 세상이 올까? 아니다. 또 다른 블랙홀이 나타날 뿐이다.

좋은 당신,
그렇게
사라지지 마라!

방송용 교육 콘텐츠에서 나는 학생들과 함께 출연하는 것을 즐긴다. 함께 참여해 달라고 부탁하면, 자신은 텔레비전을 보기만 했지 출연은 안 해 봤기 때문에 두렵다, 떨린다, 같은 반응이 대부분이다. 이렇게 말씀하는 분들은 좋은 분들이다. 이 좋은 분들은 자신을 드러내고 앞세우는 것을 별로 좋아하지 않는 경우가 많다. 그러다 보니 함께하고 싶어도 자신의 공간으로 얼른 되돌아가 버리고 아무 흔적을 남기지 않는다.

요즘은 댓글 문화가 참 많이 바뀌었다. 그전에는 댓글을 가만히 살펴보면, 감사합니다, 정말 잘 봤습니다, 저는 이런 점이 참 좋았어요, 라는 말은 그리 많지 않았다. 그 대신에 욕설과 비난이 눈에 잘 띄었다. 방송에 만족했던 사람들은 특별한 흔적을 남기지 않는 경우가 대부분이었다. 나중에 만나서 이야기를 나눠 보면, 그때 너무나 잘 배웠어요, 참 기억에 남습니다. 칭찬 일색이지만 막상 방송으로 나갔을 때는 묵묵부답이었다. 그래서 내가 한 강의가 과연 학생의 어디까지 얼마나 다가갔는지 알기 어려울 때가 많았다. 부정적인 반응은 드문드문 있었다. 혹자는 무반응이 욕보다 더 무섭다고 하지만 반드시 그렇지는 않다. 만족한 시청자는, 만족한 학습자는 특별한 반응을 남기지 않는 경우가 많았다. 댓글 반응이 없다고 해서 제대로 된 방송이나 강의가 아닐 것으로 생각하면 곤란하다. 그런데 요즘은 만족한 시청자들도 답글을 남긴다. 이것은 굉장한 변화이다.

만족한 시청자, 만족한 학습자가 아무런 반응을 남기지 않고 결과적으로 불만의 목소리만 남는다면, 이것은 문제가 되는가. 물론 꼭 그렇지는 않다. 제작 자체에 실수가 있을 수도 있고 혹은 더 나은 방법이 있을 수 있으므로, 당장은 견디기 힘들겠지만 단점을 지적하고 비판하는 목소리는 방송을 제작하는 이들에게 결과적으로 큰 도움이 된다. 그런데 아주 드물게, 다른 사람들에게는 문제가 될 상황이 아닌데 마치 무엇인가에 홀린 듯이 딴지를 거는 경우도 있다. 다른 사람들은 아무리 아니라고 해도 그 사람에게는 큰 문제가 된다. 아무 문제가 없다고 말하는 다른 사람들한테도 공격을 가한다. 그래서 다른 사람들은 뻔히 사정을 알면서도 말을 삼간다. 이러면 결국 불만의 독주로, 서로에게 상처만 남는다. 나중에 시간이 한참 지나고 보면 왜 그런 공격을 했을까 싶지만, 때는 이미 브레이크가 고장 난 것처럼 폭주하며 씻을 수 없는 상처를 남긴 후가 된다.

이때 과연 누가 이 폭주를 멈출 수 있을까.

바로 좋은 당신이다.

좋은 당신은 절대 한 사람이 아니다.

좋은 당신에게는 사실 어마어마한 힘이 있다.

당신은 우리가 아는 그 어떤 '공인'이나 '인플루언서'보다도

더 큰 영향력을 발휘할 수 있다.

배를 뒤집을 수도 있지만 띄울 수도 있는 능력,

그것을 당신은 이미 갖고 있다.

다만 현재의 댓글과 같은 시스템에

굳이 자신을 드러내고 싶지 않을 뿐이다.

지금 텔레비전에서 좋은 당신이 할 수 있는 일은 '좋아요' 또는 '싫어요'를 누르는 것, 또는 댓글로 자신의 느낌을 남기는 수준일 것이다. 하지만 이에 머물도록 해서는 안 된다. 당신의 진짜 목소리, 당신이 그저 스르르 사라지는 것이 아니라 진짜 목소리를 들려줄 수 있도록 해야 한다. 이것은 시청자에게 주어진 특권이다.

무엇 때문에 나 같은 사람까지 텔레비전이 관심을 두겠어? 나 역시도 몇십 년 동안 그렇게 생각하며 살아왔다. 특별한 기회가 아니었다면 아마 지금도 여전히 그렇게 생각하며 조용히 지내고 있을 것이다. 그러나 이제 새로운 시대가 기다리고 있다. 당신은 텔레비전에 가장 특화된 삶을 이미 살고 있는 사람이다. 우리에게는 좋은 콘텐츠가 있

고, 당신은 이것들을 보고 즐겼으며, 그래서 당신 마음에 드는 리스트를 갖고 있다. 뉴클래식의 반열에 들어서려는 콘텐츠들이 이제 새로운 세계관을 통하여 한국을 넘어 전 세계로 확장되기 일보 직전이다. 당신을 일회용 시청자로 소진하기에는 너무 아깝다. 시청자로서 당신 마음에 드는, 당신의 심금을 울리는 무엇인가가 있었다는 것이 중요하다. 예전에는 텔레비전에서 일회성으로 방영되고 나면 그만이었지만 이제 좋은 프로그램은 플랫폼을 바꿔 가며 계속 재방영될 것이다.

당신이 가만히 있어서는 안 되는 이유는 또 있다. 지금 망망대해 바다처럼 펼쳐진 새로운 플랫폼, 넘쳐나는 콘텐츠의 공간에 제작자로서 AI까지 동원되고 있다. 당신이 두 손 놓고 가만히 있는 순간 흑화된 누군가에게 필요 이상의 기회를 열어 주는 셈이 된다. 나는 아무 일도 하지 않고 가만히 있었을 뿐인데, 세상이 너무 바뀌는 탓에 나만이 도태된 채 살고 있을 수도 있다.

〈손석희의 질문들〉(2024, MBC)에 〈무한도전〉(2005~2018, MBC)을 만들었던 김태호 PD가 초대 손님으로 나와서 한 말이 있다. 그가 만들었던 〈무한도전〉은 미국으로 치자면 슈퍼볼 같은 시청률이 매주 나오는 프로그램이었기 때문에, 그를 만나러 한국에 왔던 '뉴라인시네마' 측 제작자들은 그가 이미 굉장한 부자일 것으로 기대했다. 그러나 그는 여느 PD들과 마찬가지로 월급쟁이라고 답했고, 미국의 제작자들은 이 말에 깜짝 놀랐다고 한다.

당시 마음만 먹으면 대한민국에서 어지간한 곳은 다 취업할 수 있었던 인재들이, 자신만의 인센티브를 따지지 않고 월급 받으면서 그 엄격한 윤리와 심의를 다 따져 가며 오늘날까지 지켜 온 곳이 바로 우리 텔레비전이다. 미국, 유럽, 일본을 베꼈다는 소리도 많이 들었지만, 거기에서 충분히 성장하여 이제는 우리 콘텐츠를 역으로 당당히 판매하고 있다. 다른 고시를 쳐도 합격했을 인재들을 텔레비전이 붙잡아 둘 수 있었던 이유는, 자신들의 프로그램이 방영되기만을 기다리던 시청자들이 있었기 때문이다. 그들의 프로그램을 봐 주고, 그곳에서 울고 웃고 욕도 하고 한숨도 내쉬어 가며 자신을 발견하는 시청자들이 없었다면 애당초 우리 프로그램들은 세상에 나올 수가 없었다.

우리의 텔레비전 프로그램은 결국 시청자의 눈높이에 맞게 제작된다. 그래서 '한류'라고 이름 붙여도 전혀 어색하지가 않다. 그토록 멋진 사람들이 만들어 온 이 텔레비전에서, 그중 가장 빛나는 별은 바로 시청자들이다. 한국의 텔레비전'쟁이', 즉 업계 종사자 그 누구를 붙잡고 물어봐도 이 답에는 변함이 없을 것이다. 우리가 만든 것을 앞으로도 소중하게 대해 줬으면 한다.

시간
편집자들

언제부터인가 한국 사회에 새해 인사로 '대박 나세요'가 등장했을 때 참으로 놀라웠다. 바로 앞에서 돈 이야기를 하는 것은 적어도 내가 아는 한국 사회에서는 부자연스럽고 어색한 일이었다. 그랬던 것이 IMF의 여파였을까, 세상이 갑자기 변화하기 시작했다. 남들 앞에서 대박 나라고 인사를 한다니. 그런데 사람들이 대박 나서 그토록 돈을 많이 벌고자 하는 이유는 무엇일까. 결국 시간을 사려고 함이다.

아무리 돈이 많아도 시간 앞에서는 모두가 평등하다는 말은 사실 다 맞지는 않다. 물론 시간은 돈으로 살 수 없다. 하지만 우회적으로는 살 수 있다. 내가 해야 할 일을 대신 해 줄 사람이나 방법을 찾는다면 시간을 사는 셈이 된다. 좋은 자동차를 사고, 값이 비싸더라도 교통 환경이 나은 지역의 부동산을 사는 이유도 알고 보면 시간을 사기 위해서이다. 건강이나 미용에 열광하는 이유도 마찬가지이다. 부자들이 모여 사는 이유도 시간을 살 줄 아는 사람 옆에 있고 싶어서이다. 더 오래 살고 싶은 욕망, 사는 동안 삶의 질을 높이고 싶은 열망은 누구에게나 있다. 결국 우리는 시간을 사기 위해서, 그것을 살 수 있는 돈을 원한다. 사람들에게는 모두 유한한 시간이 주어졌지만, 그 시간을 조금이라도 더 연장하고 또 밀도 있게 쓰기 위해서 우리 모두는 오늘도 고군분투 중이다.

모두에게 24시간이 공평하게 주어져 있는 것 같지만, 내가 내 마음대로 쓸 수 있는 시간이 얼마인가에 따라 사람들 사이에는 시간 격차가 생긴다. 이 시간 격차를 줄이는 데 지대한 공헌을 하는 것이 교육이다. 드라마 〈아들과 딸〉(1992~1993, MBC)에서 최수종 씨와 김희애 씨는 이란성 쌍둥이로 나왔는데, (당시 흔히 그랬듯이) 아들은 대학에 진학하지만 아들보다 더 똑똑했음에도 딸은 대학에 진학하지 못한다. 요즘은 대학 진학 자체가 그다지 어려운 일이 아니기 때문에 젊은이들은 이런 설정 자체를 억지스럽다고 느낄 것이다.

'배운 사람'의 중요성은 점점 약해지고 있다. 인류 역사상 배운 사람이 이토록 흔했던 때도 없다. 하지만 한 개인이 성장해 감에 있어, 내가 살아 있는 동안 누리고 즐기기 위해서는 시간 격차를 최대한 줄여야 하고, 그러자면 교육은 여전히 중요한 역할을 한다. 현재 한국 사회의 구성원들을 보면, 후진국과 개도국 그리고 선진국에서 태어난 시민이 섞여 살고 있다. 전쟁을 겪으며 최빈국을 경험했던 세대, 근대화의 물결 속에서 후퇴 없이 전진만 하는 성장과 발전을 거듭하는 가운데 이력서를 내기만 하면 취업이 되었던 세대, 태어나 보니 한국이 선진국인 세대가 한 공간에 숨 쉬며 살고 있다. 배우고 싶어도 전쟁 통에 학교도 없었던 세대, 좀 더 노력하여 대학이라는 곳에 꼭 진학하고 싶었던 세대, 학생 수보다 대학 정원 수가 더 많은 세대, 지금의 한국인이라면 이 중 누군가이다.

배운 사람이 아무리 흔해진 요즘이라 하더라도 최상의 교육을 향한 열망까지 쉽게 꺾이는 것은 아니다. 재수, 삼수로 안 된다면 칠수, 팔수, 구수를 해서라도 목표를 이루고야 만다. 이럴 때 만약 누군가가 신기한 가위라도 가져와, 당신의 인생에서 어렵고 힘든 부분은 싹둑 자르고 최상의 것으로 착착 넣어 잘 편집해 드리겠습니다, 라고 한다면 얼마나 좋을까. 시간 편집자, 얼마나 매력적인가.

한국의 텔레비전은 이런 한국인들의 열망을 누구보다 잘 안다. 이른바 타임슬립, 시간을 거슬러 새로움의 가능성을 열어 보여 주는 〈선재 업고 튀어〉(2024, tvN), 〈내 남편과 결혼해 줘〉(2024, tvN), 〈재벌집 막내아들〉(2022, JTBC), 〈눈이 부시게〉(2019, JTBC), 〈시그널〉(2016, tvN) 같은 한국 드라마가 부쩍 약진하기도 했다. '개같이 벌어 정승같이 쓴다'라고 했던가. 그전 같으면 평소의 현실은 조력자를 통해 한 번쯤 멋있게 헤쳐 나가거나 아니면 신데렐라처럼 변신했을 것이다. 그런데 타임슬립은 시간 편집의 차원이 다르다. 이리저리 시간을 넘나들 수 있기 때문이다. 결과만 보여 주겠다는 것도 아니다. 과정이 중요하지만 신파가 되어서는 안 된다.

텔레비전 세상은 시간 편집을 하기에 최적화된 공간이다. 우리 아버지들은 전쟁 통에 어렵게 사시면서도 자식들을 어떻게든 공부시켜서 자신보다 더 나은 사람으로 키워 내고 싶어 했다. 아버지 세대보다 교육을 잘 받아서 더 나은 환경에서 살기를 원하셨다. 베이비붐 세대들은 전쟁 통에 아무것도 없었던 윗세대의 어려움도 어느 정도 알면서, 아버지 세대와 비교하자면 그나마 밥 먹고 살 수 있었고 학교도 갈 수 있었던 어린 시절을 보냈다. 이들이 어렸을 때는 집에 수세식 화장실 시설이 없는 경우가 많았다. 이랬던 세대가 어느덧 선진국 시민인 자식들을 키운다. 결과적으로 이들 세대가 만든 영상에는 이 최빈국, 개도국, 선진국 시민 모두에 대한 경험과 배려와 고민이 들어갈 수밖에 없다. 현실과는 달리 텔레비전 세상에서는 차근차근 공부해서 30년에 걸쳐 성공할 필요가 없다. 나는 지금 이렇지만 내 다음 세대는 나보다 잘살아야지, 라고 할 필요도 없다. 타임슬립을 여러 번 경험하면서 가만히 살펴보다가, 사람들은 어느 순간 깨달았다. 내 다음 세대가 아니라 내가 중요하고, 다음 생이 아니라 이번 생에서 잘사는 것이 중요하다는 것을.

우리는 어린 시절, 저 먼 우주에서 펼쳐지는 〈스타트렉〉 오리지널 시리즈를 텔레비전에서 보면서 자랐다. 귀가 뾰족했던 우주인과 지구인의 혼혈인 '스팍'[48]은 한국 시청자들에게 유독 인기가 많았다. 스팍 역할을 맡았던 레너드 리모이는 스팍 역 외에는 특별히 알려진 것이 없었다. 하지만 그의 사망 소식이 한국의 뉴스에 나왔을 정도로 그는

<스타트렉>에서 스팍 역할을 맡은
레너드 리모이
(출처: 위키미디어 커먼스)

인기를 끌었다.[49]

　AFKN에서 한국인들에게 눈도장을 찍었던 스팍은 분명 우주인이었지만 외계어 대신 영어로 말했다. 초가집도 없애고 마을 길도 넓혀 보자던 새마을운동도 아직 시작되지 않았던 1960년대 한국의 텔레비전에 느닷없이 영어로 말하며 등장한 우주인은 충격 그 자체였다. 21세기를 사는 한국 사람들의 뇌리에 아직도 남아 있을 정도로 그의 인상은 강렬했다.

　텔레비전에서 스팍을 만났던 당시 한국 사람들의 삶은 지금에 비하자면 고되고 힘들었다. 그럼에도 그의 존재는 시간을 건너 어딘지 모를 미래로 나아가고 도전할 수 있는 힘을 불어넣어 줬다. 시간 편집자로서 갈 길은 한국에 텔레비전이 소개되던 첫 단계에 이미 결정되었다. 텔레비전을 인류 역사상 처음 만들었던 사람들에게도 지금의 한류는 큰 영향을 끼치고 있다. 텔레비전 공간에서 시간을 자유로이 뛰어넘어 새로운 길로 과감히 나아가기로 결심한 덕택이다. 시대의 산물을 수동적으로 받아들이는 데 그치지 않고, 시대의 선물로 해석할 줄 아는 사람들은 이렇게 탄생했다.

함께 만들어 온 텔레비전,
같이 가야 할 미래

이 글을 시작할 때는 한없이 가볍게 쓸 생각이었다. 겁 없이 방송에 뛰어들고 싶어 하는 아이들을 그대로 둬도 될지 고민하는 부모들이 있다. 멋있어 보이기는 하지만 어떻게 방송계로 진입해야 할지 어려워하는 아이들도 있다. 아니, 많다. 이들의 고민에 함께 수다 떨 듯 한두마디 하고 싶었다. 그런데 결과적으로 너무 무겁게 쓴 것이 아닌가 하는 후회가 슬슬 밀려온다. 시작은 미약했으나 쓰다 보니 창대해지고 싶은 욕심이 나도 모르게 스멀스멀 올라왔던 것 같은데, 다시 초심으로 돌아가고자 한다.

한국 텔레비전에는 고유한 특징이 있다. 그것이 무엇일지, 나 자신이 오랫동안 고민해 왔음을 이 책을 쓰면서 더 분명하게 알게 되었다. '딴따라' 같은 공부 못하는 사람들이나 텔레비전에 나온다는 그런 이상한 선입견이 우리 사회에는 분명히 있었다. 공부만을 중시했던 전통적 가치관 때문에라도, 텔레비전은 제대로 인정받지 못했고 당연히 진정한 가치를 발휘하지도 못했다. 그럼에도 우리 텔레비전이 겨우 황금기를 맞이하나 싶었는데, 지금은 다짜고짜 외면당하고 있다. '어쩔TV'라며 아예 ('투명인간'이 아니라) 투명기계 취급을 받고 있으니 말이다.

고시를 쳐서 판검사, 변호사를 해야지, 대기업에 가야지, 고급 공무원이 되어야지, 중앙 정계로 진출해야지… 이런 어른들의 기대를 과감히 걷어차고, 이른바 '언론 고시'를 통해 새로운 세계를 구축했던 엄청난 인재들이 있었다. 이들은 지구 별 위의 그 어디에서도 일찍이 경험해 보지 못한 독특한 텔레비전 생태계를 일궈 왔다. 다른 나라였다면 시청률이 터질 때마다 엄청난 성과급을 매주 받았겠지만 이들은 월급을 받으면서 묵묵히 일했다.

사람은 '미쳐야 미친다'고 했다. 이들은 왜 이리 미친 듯이 일했을까. 이들에게는 성과급 대신에 든든한 시청자가 있었다. 우리 시청자들은 교육과 근대화와 민주화에 모두 목말라했던 사람들이기도 했다. 서양에서 분석하는 텔레비전의 발전 단계로는 이들을 해석하기 어렵다. 텔레비전을 보라며 강요하는 사람이 아무도 없었음에도 이들은 재미가 있어서 시청자가 되었다가, 자신도 모르는 사이에 '보는 눈'을 키워버렸다. 이들의 갑자기 높아진 안목은 독재자가 텔레비전을 자기 마음대로 하도록 내버려 두지 않았다.

우리 텔레비전이 얼마나 소중한 유산인지 한국 사람들은 잘 모른다. 아니, 한국 사람들만 모르는 것처럼 느껴질 때도 있다. 해외에서는 우리 텔레비전을 높이 사고 있다. 이것을 우리는 급작스럽게 '한류'라 부르기 시작했다. 바깥에서 우리를 그렇게 불러 줬기 때문이다. 그러다가 지금은 접두사 'K-'를 붙여서 부른다. 하지만 우리 자신은 막상 한류나 K-문화가 우리의 어디에서 어떻게 왔는지를 제대로 깨닫지 못하고 있다. 그 와중에 우리 텔레비전은 다시 확장될 수 있는 중요한 시기에 직면했음에도 불구하고 위기에 처해 있다.

해외에서는 텔레비전 성장론에 기인하여 텔레비전 무용론이 힘을 얻고 있고, 그러다 보니 어쩐지 우리도 그래야 할 것 같고, 마침 기술력 덕분에 갑자기 개인별 스마트폰 사용 시대로 진작 접어들었다. 그러면서 우리 텔레비전에 어떤 가치가 있고 어떤 특성을 발굴해야 할지 전혀 알 수 없는 상황이 되어 버렸다. 시청자로부터 외면받는 순간, 쪼그라들고 고사될 수밖에 없다는 것은 텔레비전의 숙명이다.

나는 대학에서 강의를 할 때마다 두 가지 점이 늘 아쉬웠다. 첫째, 외국에서 나온 교재를 쓰다 보니 우리 현실에 맞지 않는다는 점이다. 시험을 위해 외국 이론을 가르치고 있는 것이 아닌가, 하는 회의까지 들었다. 둘째, 현장 경험 없이 이론만 강조하다 보니 현장에서 정작 필요한 내용이 부각되지 않았다는 점이다. 이런 상황에서는 옥석을 가리기가 어렵다. 지금은 우리가 새로이 눈을 크게 뜨고 가치를 발굴하고 아무도 가 본 적 없는 길을 열어야 하는 단계이다. 초롱초롱 텔레비전 앞에서 정신없이 화면을 쳐다보던 텔레비전 키드들이 뭉쳐서 제대로 된 힘을 보여 줄 순간이 다가오고 있다.

이 책을 마무리할 순간이 왔다고 하니 괜히 서운함이 밀려온다. 뭔가 멋진 말을 해 줘야 할 것 같은 생각도 든다. 그래서 텔레비전에 대해 주변에서 자주 듣는 질문 몇 가지를 마치 혼잣말처럼 슬쩍 한번 던져 본다.

텔레비전은 어떻게 될까, 결국 없어질까? 스마트폰(지금은 비록 이것이 핸드폰의 형태이나 곧 바뀔 것이다)과 텔레비전을 비교해 보면 분명해지는 것 같다. 나 하나를 위한 것이냐, 전체를 위한 것이냐, 라는 하드웨어의 측면에서 볼 때 나 하나를 위한 것은 아마도 스마트폰이 될 것이다. 스마트폰은 작고 가볍고 손에 쏙 들어오는 모양이면 된다. 반면 전체를 위한 것이라면 역시 텔레비전이라야 할 것이다. 크기가 크면 클수록, 정밀하면 정밀할수록 장점이 크다. 앞으로 텔레비전에는 모니터링이라는 개념이 필수적으로 들어갈 것이다. 여러 사람이 모여 교통 상황 전체를 살피고, 세밀하게 수술을 지켜보고, 필요할 때마다 교육용으로 사용하는 텔레비전…. 이런 것은 스마트폰이 감당할 수 없다. 칠판도, CCTV 모니터 기능도 텔레비전이 함께 가져갈 것이다. 여러 사람이 함께 봐야 하므로 크기가 커야 하고 동시에 정밀하기도 해야 한다. 컴퓨터 모니터도 이런 역할을 담당하기에는 역부족이다.

우리는 텔레비전을 다 알고 있을까? 텔레비전은 어디서 어떻게 왔고, 텔레비전과 관련된 직업에는 어떤 것이 있을까? 이런 질문은 너무나 흥미롭다. 하지만 분량 관계상 이 책에서는 제대로 다루지 못했다. 보이지 않는 곳에서 애쓰는 사람들, 최신 기술력으로 텔레비전을 만들어 내는 사람들, 이것을 운용하고 프로그램으로 만들어 내는 사람들, 시청자들과 소통하며 송출하고 전송하여 보이지 않던 것이 보이기까지 끊임없이 소프트웨어적으로 애쓰는 사람들이 있다. 이 점을 우리는 절대 잊지 말아야 한다. 그 결과물은 대중에게 너무나 큰 영향을 끼친다. 전 세계적으로 이슈가 될 만한 큰 사건 사고를 정리하고 배경 상황 등을 설명해 주는 역할 또한 텔레비전 말고는 담당하기 어렵다. 이런 점을 잘 알기에 텔레비전 종사자들 사이에는 대단한 사명감이 있었다. 사명감. 우리는 방송 종사자로서의 사명감에 대해 다시 한 번 깊이 생각해 봐야 한다.

미래의 텔레비전은 무엇이 되어 있을까? 기존의 텔레비전은 가족과 강하게 결합했다. 미래에도 지금처럼 각 가정에 텔레비전이 가닿을 수 있을까? 이제는 개인이 곧 하나의 가정이 되기도 하는 시대이다. 따라서 미래에는 모니터링하는 텔레비전, 필요에 의한 텔레비전이라는 개념으로 바뀌어 갈 것 같다. 텔레비전의 크기, 그것이 놓이는 위치와 장소, 누구와 텔레비전을 함께 보느냐가 앞으로는 중요한 요소가 될 것이다. 몇몇의 1인 가정이 새로운 형태의 만남과 모임을 형성할 수도 있다.

지금은 개천에서 용이 나지 않는 시대라고 한다. 그런데 용을 키워
내고 싶은 개천이라면 용이 클 수 있는 환경을 만들어 줘야 한다. 다
들 뿔뿔히 흩어져 사는 곳에서 용이 어떻게 나겠는가. 쩨쩨한 환경에
서는 용이 태어났다 하더라도 이무기도 되지 못한다. 개천이란 한 사
람이 성장할 수 있도록 뒷받침해 주는 환경이다. 무엇을 보고 어떻게
판단할 것인지는 '개천'의 역할에 달려 있다. 다시 말해 누구와 텔레
비전을 보느냐에 따라 보는 내용과 텔레비전의 활용도가 달라진다.
직업에 따라, 소속에 따라 텔레비전은 또 다른 영역으로 계속 파고들
어 가고 있다. 단순한 계층 차이, 경제력의 차이가 아니라 이것을 얼
마나 잘 활용할 수 있는 사람들과 함께하는지에 따라 문화 자본의 격
차가 날 것이다. 제2, 제3의 텔레비전 키드가 나와서 도약의 기회를
가질 것이다. 텔레비전이라는 물질을 만드는 사람 입장에서도 디자
인 단계부터 이를 고려할 수밖에 없다. 예술을 섬세하게 전달하는 뷰
파인더로서 텔레비전이 필요한 시대이기 때문이다. 바깥세상의 풍경,
예술적 감각으로 세계를 얼마나 잘 전달해 줄 것인가, 감수성이 풍부
한 이들과 얼마나 교류하는가에 따라 앞으로는 자신의 소속감을 느
끼게 될 것이다. 우리에게 익숙했던 할아버지-아버지-아들이라는 형
태의 가족은 해체될지 몰라도 새로운 형태의 삶이 텔레비전과 함께
가능해진다. 우리에게 지금까지 너무나 익숙한 형태의 텔레비전은 비
록 차츰 사라진다 하더라도 말이다.

당신에게 텔레비전이란 무엇인가? 한국의 텔레비전을 시대로 구분해 보자면 초창기에는 신비로움이었다. 서양과는 달리 아나운서가 일방적으로 알려 주는 역할은 그다음에 왔다. 그리고 최근에는 쌍방향 형태로 시청자와 활발하게 소통하는 형태로 변화했다. 지금 젊은이들에게 텔레비전이란 더 이상 필요가 없어진 과거의 전유물일 수도 있고, 변화와 혁신의 대상일 수도 있다.

예전에 텔레비전은 필수품이었지만 이제는 그렇지 않다. 그런데 우리는 우리에게 딱 필요한 텔레비전을 본 적이 있는가? 아마 없을 것이다. 아직 만들어지지 않았기 때문이다. 우리 스스로 만드는 우리의 텔레비전은 언제 필요할까? 그 기술은 이미 코앞에 와 있다. 하드웨어적이건 소프트웨어적이건 준비는 끝났다. 당신의 부름을 필요로 할 뿐이다.

미주

1   미국 드라마 〈왈가닥 루시〉는 1950년대 미국에서 큰 인기를 끌었던 흑백 시트콤이다.
     방송 역사상 가장 중요한 시트콤 중 하나로 평가받고 있다(Lisa de Moreas, 2015). 이
     드라마는 우리나라에서는 1970년도에 MBC에서 방영했다. 왈가닥 루시의 엉뚱하고 코
     믹한 배역 때문에, 당시 루시 역을 맡았던 코미디언 배연정 씨가 '한국판 왈가닥 루시'로
     불리기도 했다(부산일보, 1990).

2   드라마 〈뿌리(Roots)〉는 동명의 소설을 원작으로 하여 1977년에 제작되었다가 40년
     만에 다시 리메이크되었다. 한국에서도 두 작품 다 방영되며 큰 인기를 끌었다.

3   방송통신위원회, 2024.

4   아비투스(habitus)란 사람들의 무의식적인 취향을 가리킨다. 프랑스어에서는 'h'가 묵
     음이 보편적이기 때문에, 이를 처음 사용한 프랑스 학자 부르디외를 기리는 의미에서 최
     근에는 '아비투스' 또는 프랑스어에서 'u'가 '위'처럼 발음되는 점을 의식하여 '아비튀스'
     라고 한다. 하지만 한때는 '하비투스'라고 많이 불렸다. 부르디외는 개인의 취향이 자신
     을 이루는 계급과 관련이 있다고 보았다.

5   방송통신위원회, 2024.

6   '리디퓨전'은 원래 유선 중계망을 통해 라디오와 TV 신호를 분배하는 사업을 했지만, 컬
     러텔레비전의 보급으로 대여업에서도 특히 1960년대에 큰 성공을 거두기도 했다. (위
     키피디아 Rediffusion)

7   크리스 호록스, 2018, pp.134-135.

8   고명훈, 2024.

9   김규, 2002, pp.133-134.

10   조항제, 2003, pp.58-64.

11   강현두, 1994, pp.100-112.

12   연합뉴스 유튜브 채널, 2021.11.10.

13   KBS 이산가족 찾기

14   KBS 이산가족 찾기

15   김상, 1983.

16 런던 지역에서 제공된 IIV Test Card F에서는 인형을 쳐다보는 소녀의 얼굴을 넣기도 했다. Andrew Wiseman's television room 참조.

17 정주리, 2022.

18 다이노르핀(Dynorphine)은 '다이돌핀'이라는 이름으로 와전되면서 그 약효 또한 엔도르핀의 4,000배 정도가 된다는 식으로 지나치게 과장되어 인터넷상에서 전달되는 측면이 있는 듯하다. 아마도 확인 없이 유포되면서 이런 현상을 낳은 것 같다. 그렇다 하더라도 암 환자들에게 사용하는 모르핀과 비교해 보면 다이노르핀은 약 10배나 될 정도의 강력한 효과가 있음이 밝혀졌다고 한다.

19 원성윤, 2009.

20 이 실험은 미국 존스 홉킨스 대학의 커트 리히터(Richter) 교수가 쥐를 대상으로 실험한 내용이다. 그는 플라스크에 쥐를 넣고 물을 부어 얼마나 견디는지를 살펴보았다. 어떤 쥐는 15분 만에 포기하고 죽었고, 어떤 쥐는 훨씬 오래 버텨 냈다. 어떤 이유 때문일지가 궁금했던 그는, 쥐 몇 마리를 물에서 건져 내어 말려 주고 잠시 쉬게 한 후 다시 상황에 넣었다. 그랬더니, 이들 쥐는 심지어 60시간 이상을 버텨 냈다고 한다(Schulkin, Jay, and Paul Rozin. Curt Richter, 2005).

21 질리언 테트, 2022.

22 서정민, 2021.

23 김도연, 2016.

24 윤수희, 2023.

25 이미영, 2014.

26 고재학, 2005.

27 SBS 뉴스, 2019.10.16.

28 CNN, 2024.03.11.

29 지종익, 2023.02.22.

30 ChinaDaily, 2023.05.19.

31 발터 벤야민, 2021.

32 장 루이 미시카, 2007.

33 조지 오웰은 이것을 '텔레스크린'이라고 불렀다.

34 콩시에르주리 창에는 자신의 잘린 머리를 들고 있는 기독교 성인을 기린 'cephalophore' 양식을 본떠 마치 참수된 왕비가 노래를 부르는 듯한 장면이 연출되었다.

35   로버트 킨슬, 마니 페이반, 2017, p.7.

36   로버트 킨슬, 마니 페이반, 2017, pp.122-123.

37   서울대학교 유튜브 채널, 2024.01.18.

38   김종원, 2022.

39   사호진, 2022.

40   KBS, MBC, SBS가 모두 여의도에 있다가 2004년에 SBS가 여의도에서 목동으로 이전했으며, 2014년에는 MBC가 상암으로 옮겨 갔다. SBS는 이에 앞서 1995년에 일산(탄현) 제작센터를 예능과 드라마 제작을 위하여 마련했고, 이어 MBC도 2007년에 일산 드림센터를 선보여 일산이 방송의 또 다른 메카가 될 수 있도록 무게를 실어 주었다.

41   김민희, 2022. p.56; 120; 130.

42   강준만, 2022.

43   〈분노의 질주: 더 얼티메이트〉(2021.5.19. 한국 개봉/2021.6.25. 미국 개봉), 〈크루엘라〉(2021.5.26. 한국 개봉/ 2021.5.28. 미국 개봉), 〈스파이더맨: 노 웨이홈〉(2021.12.15 한국 개봉/2021.12.17. 미국 개봉), 〈탑건: 매버릭〉(2022.5.25. 한국 개봉/2022.5.27. 미국 개봉), 〈아바타2〉(2022.12.14. 한국 개봉/2022.12.16. 미국 개봉) 등이 있다.

44   손효주, 2022.

45   Srinivasa Vittal et al., 2017.

46   행정안전부 국가기록원.

47   한국언론진흥재단, 언론수용자조사.

48   Startrek 홈페이지.

49   연합뉴스TV 유튜브 채널, 2015.02.28.

이 책을 읽고, 더 찾아보고 싶은 낭신을 위해

강준만, 「'한류의 주역' X세대에 경의를 표한다」, 《경향신문》, 2022.06.08.
  https://www.khan.co.kr/opinion/column/article/202206080300015
강현두, 「한국문화와 미국의 대중문화」, 『철학과 현실』, 제21집, 1994, pp.100-112.
고명훈, 「삼성전자, 글로벌 TV 시장 출하량·금액 기준 모두 1위」, 시사저널e, 2024.08.24.
  https://www.sisajournal-e.com/news/articleView.html?idxno=405204
고재학, 『내 아이를 지키려면 TV를 꺼라』, 예담, 2005.
국가유산청 국가유산포털, 금성 텔레비전 VD-191, https://www.heritage.go.kr
김규, 『방송 미디어』. 나남, 2002, pp.133-134.
김도연, 「방송기자 10명 중 6명이 SKY, 남성이 81%」, 미디어오늘, 2016.03.09.
  http://www.mediatoday.co.kr/news/articleView.html?idxno=128553
김민희, 『다정한 개인주의자』, 메디치미디어, 2022.
김상, 「이산가족 찾기 신청 6만여 건」, 《동아일보》, 1983.07.05.
김종원, 「넷플릭스의 역성장과 새로운 경쟁 해법」, 『OTT, 달라진 생존전략』, 방송영상트렌드&
  인사이트, vol.30, 한국콘텐츠진흥원, 2022.07.04.
  https://www.kocca.kr/trend/vol30/sub/s11.html
로버트 킨슬, 마니 페이반, 『유튜브 레볼루션』, 신솔잎 옮김, 더퀘스트, 2017.
발터 벤야민, 『라디오와 매체』, 고지현 편역, 현실문화, 2021.
방송통신위원회, 〈2023년 방송매체 이용행태조사〉 결과, 2024.
부산일보, 「"이 榮光을 팬들에 돌리고 싶어요" 放送대상 수상자 여자코미디언상 배연정」,
  1990.08.15. https://www.busan.com/view/busan/view.php?code=19900815000193
사호진, 「코로나19 대유행 이후의 지식재산권 침해 환경 변화」, 한국저작권위원회 이슈리포
  트, 2022.
서울대학교 유튜브 채널, "세계인의 입맛이 다른 이유, 글로벌 K푸드의 미래는?", 문정훈 교수,
  2024.01.18. https://www.youtube.com/watch?v=RO9J3yhZtF4
서정민, 「편견 뚫고 잡은 카메라, 80살 할머니 돼도 들 겁니다」, 《한겨레》, 2021.03.08.
  https://www.hani.co.kr/arti/culture/culture_general/985806.html
손효주, 「'헐리우드 황금 손' 브룩하이머, "한국 감독-배우와 손 잡을 의향 가득"」,

《동아일보》, 2022.10.17. https://www.donga.com/news/Culture/article/all/20221017/115986362/1

SBS 뉴스, 「신비로운 황금독수리 '순간포착'… 3년 기다려 찍었다」, 2019.10.16. https://news.sbs.co.kr/news/endPage.do?news_id=N1005481536

SBS Catch 유튜브 채널, "낭만닥터 김사부 2 배우들이 전하는 응원 메시지!", 2020.03.14. https://www.youtube.com/watch?v=oV-Zzq0Ex_Y

요한 하위징아, 『호모 루덴스』, 이종인 옮김, 연암서가, 2018.

윤수희, 「여성 과소재현을 넘어 다양성 사회로」, 한국언론진흥재단, 2023.05.04. https://www.kpf.or.kr/front/research/selfDetail.do?seq=595579&link_g_homepage=F

연합뉴스TV 유튜브 채널, "국민 MC의 인생 다큐 '송해 1927'… 94세에 첫 주인공", 2021.11.10. https://www.youtube.com/watch?v=3Dq8UO3UUvc

연합뉴스TV 유튜브 채널, "스타트렉 '스폭' 레너드 니모이 별세… 폐 질환", 2015.02.28. https://www.youtube.com/watch?v=mlLP8pNUu2E

원성윤, 「KBS 'TV 책을 말하다' 갑작스런 폐지 논란」, PD저널, 2009.01.02. https://www.pdjournal.com/news/articleView.html?idxno=19679

위키미디어 커먼스, 발터 벤야민 https://commons.wikimedia.org/wiki/File:Walter_Benjamin_vers_1928.jpg

위키미디어 커먼스, 스폭 https://commons.wikimedia.org/wiki/File:Spock.JPG

위키미디어 커먼스, Test Card https://commons.wikimedia.org/wiki/File:First_TV_TestCard.svg

위키피디아, Rediffusion https://en.wikipedia.org/wiki/Rediffusion

위키피디아, SMPTE 컬러바 https://en.wikipedia.org/wiki/SMPTE_color_bars

이미영, 「초등생 38%, 장래희망은 '연예인'」, 서울투데이, 2014.03.27. http://www.seoultoday.co.kr/news/articleView.html?idxno=37976

장 루이 미시카, 『텔레비전의 종말』, 최서연 옮김, 베가북스, 2007.

정경열, 『나 홀로 방송한다』, 나남, 2017.

정주리, 「세계로 나가는 K-포맷… 한국 예능 프로그램 해외서 '러브콜'」, 코리아넷뉴스, 2022.05.20. https://www.kocis.go.kr/koreanet/view.do?seq=1041580

조지 오웰, 『1984』, 정회성 옮김, 민음사, 2007.

조항제, 『한국 방송의 역사와 전망』, 한울 아카데미, 2003.

지종익, 「"고마웠어, 잘 가"… '샹샹' 끝까지 배웅한 일본인들」, KBS뉴스, 2023.02.22.
https://news.kbs.co.kr/news/pc/view/view.do?ncd=7611195
질리언 테트, 『알고 있다는 착각』, 문희경 옮김, 어크로스, 2022.
KBS 이산가족찾기 http://family.kbsarchive.com/
크리스 호록스, 『텔레비전의 즐거움』, 강경이 옮김, 루아크, 2018.
한국언론진흥재단, 언론수용자조사 https://www.kpf.or.kr/totalSearch/search.jsp
행정안전부 국가기록원, '미니스커트와 장발', 금기와 자율 > 주요 이슈.
https://theme.archives.go.kr/next/tabooAutonomy/kindOfTaboo02.do

Andrew Wiseman's television room. https://www.625.uk.com/tv_logos/flash/tcf_ita.
asp
ChinaDaily, French first lady visits giant panda 'godson', 2023.05.19. https://www.chi-
nadaily.com.cn/a/202305/19/WS6466bc7ba310b6054fad3d4a.html
CNN, "South Koreans mourn as country's first celebrity panda, Fu Bao, heads to Chi-
na", 2024.3.11. https://edition.cnn.com/travel/south-korea-fu-bao-panda-chinaintl-
hnk/index.html
jawed Youtube Channel, "Me at the zoo", 2005.04.24.
https://www.youtube.com/watch?v=jNQXAC9IVRw
Hasan Pathan, John Williams. Basic opioid pharmacology: an update. 2012, Feb.
https://pmc.ncbi.nlm.nih.gov/articles/PMC4590096/
Lisa de Moreas, CBS Dusts Off And Colorizes 'I Love Lucy' Episodes For May Sweep Try-
out. *Deadline*. 2015.04.16.
Marylou V Solbrig, George F Koob. Epilepsy, CNS viral injury and dynorphin. Trends in
Pharmacological Sciences Volume 25, Issue 2, February 2004, pp.98-104.
Schulkin, Jay, and Paul Rozin, *Curt Richter, A Life in the Laboratory*, Baltimore: Johns
Hopkins University Press, 2005., doi:10.1353/book.60340. https://www.aipro.info/
wp/wp-content/uploads/2017/08/phenomena_sudden_death.pdf
Srinivasa Vittal et al., Patterns of mortality by occupation in the UK, 1991–2011: a com-
parative analysis of linked census and mortality records, 2017.
Startrek, https://www.startrek.com/en-un/series/star-trek-the-original-series